Paul Katsitis

AF236451

Mykonos Crime © 23
SISA
Tödlicher Trip

Bisher erschienen in dieser Reihe (Deutsch/Griechisch)

Serie 1 Angelos und Alex
Mykonos Crime 1 Die Bestie von Mykonos
Mykonos Crime 2 Rache
Mykonos Crime 3 Tattoo
Mykonos Crime 4 Der Drei-Sterne-Mord vergr.
Mykonos Crime 5 Inzest
Mykonos Crime 6 Skalpell
Mykonos Crime 7 Hass
Mykonos Crime 8 Sturm über Mykonos
Mykonos Crime 9 Die Maske
Mykonos Crime 10 Abseits
Mykonos Crime 11 Glut
Mykonos Crime 12 Putsch

Serie 2 Angelos und Khaled
Mykonos Crime 13 Royals
Mykonos Crime 14 Trauma
Mykonos Crime 15 Khaled
Mykonos Crime 16 Spione
Mykonos Crime 17 Botschafter
Mykonos Crime 18 Libido
Mykonos Crime 19 Carneval

Serie 3: Angelos und Yariv:
Mykonos Crime 20 Darknet
Mykonos Crime 21 Yariv
Mykonos Crime 22 Pontifex
Mykonos Crime 23 Sisa
Mykonos Crime 24 Lebendig begraben

Bisher erschienen auf Englisch:
Mikonos Crime 1: Abducted
Mikonos Crime 2: Confusion
Mikonos Crime 3: The prince
Mikonos Crime 4: Spy
Mikonos Crime 5: Beast
Mikonos Crime 6: Nightkids
Mikonos Crime 7: Yariv (Dez)

Paul Katsitis

Mykonos Crime© 23

Tödlicher Trip

FSC
www.fsc.org
MIX
Papier aus ver-
antwortungsvollen
Quellen
Paper from
responsible sources
FSC® C105338

Impressum
Titel: Shutterstock, Ölgemälde: Katsitis
Innenteil Shutterstock/ Ölgemälde Katsitis
Copyright Paul Katsitis 2020: **Der Inhalt als auch
Buch- und Reihentitel sowie der Autorenname sind
urheberrechtlich geschützt oder unterliegen dem
Titelschutz. Jedwede Verwendung ist strafbar.**

ISBN 9783752674538
Herstellung und Verlag: BoD - Books on
Demand, Norderstedt

Angelos Nikakis, 31, ist nicht nur der Hauptkommissar auf Mykonos, sondern auch Bürgermeister der Insel.

Sein Ehemann ist ein Kollege: **Yariv Nikakis, 28,** ursprünglich Kommissar in Athen. Beide trafen sich im Rahmen von Ermittlungen und verliebten sich ineinander. Da Yariv nur 1,75 m groß ist, ergab sich sein Spitzname von allein: Kleiner.

Abu Bakar, 38, beherrscht den Drogenhandel in der Ägäis. daher sind er und Kommissar Angelos Nikakis per se Feinde. Doch dann schließen die beiden ein Friedensabkommen der besonderen Art.

Gabriel Markarov, 35, ist Angelos´ rechte Hand im Rathaus. Er sitzt seit einem Schusswechsel im Rollstuhl. Da die Kugel eigentlich Angelos galt und sich Gabriel in die Schussbahn warf, fühlte sich Angelos verpflichtet, ihm zu helfen.

Khaled al-Mussawi, 27, war Angelos´ Ex-Mann und kommt mit der Trennung nicht zurecht. Er sinnt auf Rache.

1

Ägäis, 20 Seemeilen östlich von Mykonos

Der Butler kam mit schnellem Schritt zu dem Mann, dem der Ärger über den Zeitverzug von zehn Sekunden ins Gesicht geschrieben stand.

„Herrgott, Ibrahim. Wozu habe ich dir die Ausbildung an der Butlerschule in Den Haag bezahlt?", knurrte der Mann. „Du musst intuitiv spüren, wenn ich etwas möchte!"

„Bei dem Teil des Kurses habe ich wohl gefehlt. Wenn ich mich recht erinnere, musste ich mich um eine Lieferung im Hafen Rotterdam kümmern. Ach ja. Und dann musste ich einen Kurier nachschulen", antwortete Ibrahim, wobei „Nachschulen" bedeutete, dass der Kurier seine Zehennägel verlor.

„Ausreden. Ich verlange von meinen Mitarbeitern, dass sie das Wort Multitasking verinnerlichen", knurrte der Mann. Außerdem hasse ich Respektlosigkeiten. Ibrahim würde auch bald eine Nachschulung benötigen. Gemeinhin hatten die Menschen, besonders seine Mitarbeiter, Angst vor dem Mann. Zunächst nicht wegen seiner Brutalität, sondern wegen seines Aussehens. Denn der Mann hatte nur eine Gesichtshälfte, die andere war von einem

Flammenwerfer regelrecht weggeschmolzen worden. Mittlerweile hatten Gesichtschirurgen alles rekonstruiert, was wiederherzustellen war. Gut – das Auge konnte man nicht ersetzen und die rechte Hälfte des Gesichts war starr, aber es war kein Vergleich zu vorher.

Die Rekonstruktion hatte nur einen gravierenden Nebeneffekt: der Gruseleffekt, der bisher jeden erfasste, der ihn traf, war perdu.

Und so glich der Mann diese unerfreuliche Entwicklung durch Brutalität aus. Auf seiner Yacht gab es einen separaten Raum, indem er ungehorsame Mitarbeiter einer Sonderbehandlung unterzog. Man muss aber berücksichtigen, dass der Mann in einem Gewerbe tätig war, indem Loyalität eine noch größere Rolle spielt als beim Militär. Der Mann war Drogenhändler. Präziser: er war DER Drogenhändler in der Ägäis. Er hieß Abu Bakar und stammte ursprünglich aus Karatschi in Pakistan. Als glühender Moslem folgte er dem IS nach Rakka. Dort aber wurde er zum Atheisten. Das Kalifat war nichts anderes als ein Ort, an dem Verbrechen zur Staatsraison gehörten. Der Drogenhandel florierte, minderjährige Mädchen und Jungen wurden von Kommandeuren vergewaltigt …

Abu Bakar hatte Pech. Just auf seiner Flucht kreuzte er den Weg eines amerikanischen Flammenwerfers.

Er ging nach Beirut, kurierte seine Verletzungen aus und begann, seine Kenntnisse aus Rakka zu nutzen. Sein Gruselgesicht war in diesem Fall nützlich.

Er übernahm einen großen Teil des Drogenhandels im nördlichen Libanon, folgerte dann aber richtigerweise, dass eine Umgebung ohne gestörte Hisbollah-Männer sicherer war. Vor allem einträglicher.

Und so beschloss Abu Bakar zu expandieren: in die Ägäis. Mehr als nur erfolgreich.

Es gab jedoch einen Mann, der ihm regelmäßig Scherereien machte: Angelos Nikakis, Kommissar auf Mykonos. Abu Bakar und Nikakis führten einen persönlichen Krieg, den Abu Bakar fast gewonnen hätte – mittels eines Schusses in Angelos´ Leber.

Noch heute wunderte Abu Bakar sich über das darauffolgende Angebot.

Angelos Nikakis bot ihm an, dass er freie Hand auf Mykonos bekäme und damit unbehelligt seine Ware vertreiben könnte, wenn …

die Menge begrenzt bleibt, die Qualität hoch, nicht an Jugendliche geliefert wird und es durfte keine Gewalttaten mehr auf Mykonos geben.

Es war nicht die lebensgefährliche Verletzung, die Angelos Nikakis zu diesem Vergleichsangebot veranlasste. Nein, es war die Erkenntnis, dass Drogen und Mykonos zusammengehören und niemand dies verhindern könne. Also sei es besser, dies geschieht unter kontrollierten Bedingungen.

Und überhaupt ist die Drogenpolitik weltweit eine einzige Heuchelei und führt die Menschen in die Kriminalität, sagte Nikakis immer.

Aus diesem Agreement wurde eine enge Freundschaft zwischen dem Drogenkönig und dem Kommissar, denn Abu Bakar verfügte über Möglichkeiten, die Angelos Nikakis und die Polizei nicht hatten: er kontrollierte die ganze Ägäis mit Technik, die nur knapp unter NSA-Niveau lag.

Er besaß mehrere Drohnen unterschiedlicher Größe, während das Äquivalent aufseiten der Polizei eine einäugige Brieftaube war, so scherzte Angelos Nikakis immer.

Die beiden entwickelten freundschaftliche Gefühle – bis zu einer gewissen Grenze: Nikakis war schwul, Abu Bakar nicht.

Die Absprache funktionierte gut. Drogentote gehörten der Vergangenheit an. Es war eine Win-Win-Situation für alle.

Abu Bakar trank ein Glas Champagner und ging unter Deck in seinen Überwachungsraum. Von dort aus kontrollierte er den Lieferverkehr.

Er blickte auf den Bildschirm und wunderte sich. Was zum Teufel ist da los?"

2

Bürgermeister und Kommissar Angelos Nikakis hatte es eilig. Noch vor drei Monaten fuhr er nach dem Dienst im Rathaus gemütlich mit Tempo 50 nach Hause. Nur lag sein Zuhause früher im oberen Teil von Ornos. Jetzt aber wohnte er unten, direkt neben dem Kitesurfer-Strand.

Früher heißt: Khaled. Jetzt heißt: Yariv – die Liebe seines Lebens.

Zum ersten Mal in seinem Leben liebte er wirklich und zwar so, dass jede Minute ohne Yariv eine Qual war.

Und so raste er mit 80 über die kurvige Uferstraße nach Ornos und bog dann zu schnell nach rechts ab. Der Wagen brach leicht aus, aber das war Angelos Nikakis von Verfolgungsfahrten gewohnt.

Er riss die Haustüre auf.

„KLEINER!"

Der „Kleine" war nur sieben Zentimeter kleiner, 1,78 m, aber da Yariv Angelos von Anfang an „Großer" genannt hatte, war das „Kleiner" folgerichtig.

Yariv stand im Garten vor seiner Staffelei und freute sich sichtlich, dass Angelos schon da war. Der Begrüßungskuss war noch immer eher ein Verschlingen.

Angelos schaute auf die Staffelei und sah sein Gesicht, allerdings zerteilt in sieben Stücke, die

Yariv in einem Meer von Farben auf der Leinwand verteilt hat.

„Bilde dir nicht zu viel ein. Ich habe nur zufällig dein Gesicht verwendet", sagte Yariv grinsend.

Er hat mehr als Talent, dachte Angelos.

Als Bürgermeister musste er regelmäßig zu Vernissagen in eine der 33 Galerien der Stadt. Und was er da sah, war mitunter zwei Klassen schlechter als Yarivs Bilder. Egal ob Realismus oder abstrakt – alle Bilder hatten etwas Besonderes.

„Komm mit, Kleiner. Ich habe eine Überraschung für dich!"

„Ich bin voller Farbspritzer", sagte Yariv.

„Das passt ganz hervorragend", antwortete Angelos.

Und so fuhren sie zurück zur Chora, parkten am Fabrika-Platz und tauchten ein in das Gassengewirr.

„Ich werde hundert Jahre brauchen, um mich nicht mehr zu verlaufen", sagte Yariv.

„Das passiert selbst mir – und ich bin der Bürgermeister", meinte Angelos lachend.

Sie erreichten den Drei-Brunnen-Platz und plötzlich blieb Angelos stehen.

Yariv war verwirrt.

„Äh. Und was willst du mir jetzt zeigen?"

Angelos deutete mit dem Zeigefinger auf einen Laden, dessen Fenster undekoriert waren.

„Äh. Ein Shop, ok. Was ist jetzt die Überraschung?", fragte Yariv.

„Das, mein Kleiner, wird deine Galerie. Nicht zu groß und nicht zu klein", sagte Angelos.

Yariv war perplex.

„Meine Galerie?"

„Hab ich dir versprochen. Oder gefällt sie dir nicht?", fragte Angelos unsicher.

„Bist du wahnsinnig? Es ist perfekt. Und direkt am Drei-Brunnen-Platz!"

An diesem Platz fand man die wirklich guten Galerien. Und auf Mykonos wurde gekauft, nicht nur besichtigt. Die gehobene Klientel auf Mykonos war mehr als kunstaffin, sie kauften schlicht alles. Und so hatte jede bedeutende Galerie in London oder Paris eine Filiale auf Mykonos.

„Hinten ist noch ein großes Atelier. Die Wand hier brechen wir ab, dann entsteht EIN großer Raum. Natürlich nur, wenn es dir gefällt. Entschuldige", sagte Angelos.

„Was glaubst du denn? Es ist perfekt!"

Dann legte er den Kopf etwas zur Seite und sagte:

„Raus mit der Sprache! Was kostet der Laden?"

„Bei einem Geschenk fragt man nicht nach dem Preis", antwortete Angelos lächelnd. „Außerdem ist es nur gemietet!"

„Das ist mir schon klar. Aber selbst die Miete kostet hier ein Vermögen und man muss eine Ablöse bezahlen. Also nochmal. Wieviel?"

„Du verdirbst mir die ganze Überraschung", knurrte Angelos.

„Also gut. Die Ablöse liegt bei 100.000 Euro und die Jahresmiete bei 120.000! Jetzt freu dich doch ein bisschen!"

„Ein bisschen?", fragte Yariv.

Als er sich umdrehte, sah Angelos, dass Yariv die Tränen über die Wangen liefen. Er freut sich.

Gott sei Dank, dachte Angelos.

Yariv umarmte ihn. Nein, er erdrückte ihn fast.

„Wir können noch 50.000 für den Umbau, Einrichtung und Werbung ausgeben. Aber ich habe keine Bedenken: das ist für dich nur der Anfang. Es gibt nur eine Bedingung: egal wieviel Erfolg du hast: bitte bleib hier!"

Yariv streichelte Angelos über den Kopf.

„Natürlich bleibe ich bei dir, Dummerchen. Müsste ich mich zwischen dir und dem Malen entscheiden, müsste ich nicht eine Sekunde überlegen. Ich liebe die Malerei, aber nach dir bin ich verrückt, Großer!"

Angelos war beruhigt.

Yariv öffnete die Türe zum Atelier.

„Du hast recht. Die Wand muss raus. Aber heute erfüllt sie noch ihren Zweck!"

„Warum?", fragte Angelos, aber da hatte ihn Yariv schon in den Raum gezogen und riss ihm fast das Hemd vom Leib.

3

Abu Bakar hätte auch gerne jemandem die Kleider vom Leib gerissen – um ihn anschließend zu rösten.

Nach dem Blick auf Sonar- und GPS-Daten war ihm klar, dass mit der „Bekaa 4" irgendetwas nicht stimmte.

Das Boot war auf dem Weg von Tatrus im Süden Syriens nach Mykonos. Vor der Küste der Kykladeninsel sollte die Ware umgeladen werden.

Doch die „Bekaa 4" stand seit wenigen Minuten still. Viel schlimmer: ein zweites Boot hatte sich genähert und gestoppt. Da zudem kein Funkkontakt zustande kam, waren Abu Bakars Befürchtungen mehr als begründet. Und ihn zerriss es fast vor Wut.

Es waren nur zehn Kilo Kokain, beste Ware – mehr durfte er auf Mykonos nicht verkaufen und er hielt sich penibel an das Arrangement mit Angelos Nikakis, Kommissar auf Mykonos.

Es ging auch nicht um die zehn Kilo, sondern um die unverfrorene Frechheit, dass irgendjemand seine unangefochtene Stellung als alleiniger Lieferant in der Ägäis infrage stellte.

Sicher, es könnte auch ein Motorschaden sein, aber dann hätten sich seine Mitarbeiter gemeldet. Eine Drohne würde ihm auch nicht helfen, ausgerechnet heute war es bewölkt und regnerisch, was hieß, dass es keine brauchbaren

Aufnahmen geben würde. Sonar- und GPS-
Daten hatte er selbst.
Abu Bakar fluchte.
„Ahmed. Gib die GPS-Daten an die Brücke und
dann volle Kraft. Wie weit ist es?"
„50 Seemeilen!"
50 Seemeilen gleich 28 Knoten gleich 40
Minuten. Eine Ewigkeit.

4

Abu Bakars Stimmung fiel ins Bodenlose, als
sie die „Bekaa 4" erreichten. Oder das,
was von ihr übriggeblieben war. Das Boot
war übersät mit Einschusslöchern.
Maschinenpistolen. Das Bild kannte er aus
Rakka.
Mit dem Kopf deutete er auf die schwimmende
Ruine. Sofort sprangen zwei Mann von der Yacht
auf die „Bekaa" und verschwanden unter Deck.
Illusionen machte sich Abu Bakar keine. Die
Männer würden tot und die Ware verschwunden
sein.
Nach fünf Minuten kamen die Zwei zurück.
„Beide sind tot. Man hat sie gefoltert. Das
Seltsame ist nur: die Ware ist noch da!"
Abu holte tief Luft. Er verstand, warum man das
Kokain dort gelassen hatte.

Es war eine Kriegserklärung nach dem Motto: Für uns sind deine paar Kilo nicht von Bedeutung.

Es geht gegen dich. Aber wer steckt dahinter? Beirut? Nein. Kleindealer, die nach Höherem streben, hatte ihre „Büros" im dortigen Hafen und der war bei der Explosion vollständig zerstört worden. Libyer? Möglich. Zwei Bürgerkriegsparteien, die sich finanzieren mussten und das gelingt am besten mit Drogen.

Das war schon immer so. Ob Afghanistan oder Kolumbien: religiöser oder ideologischer Tarnanstrich, dahinter Drogenhandel.

Das Rückverfolgen des Schiffs würde nichts bringen. Bootswechsel auf See oder in einem Hafen und schon war die Spur kalt.

„Holt das Zeug. Und dann ein Zeitzünder mit zwanzig Minuten Verzögerung!"

An die beiden Toten verschwendete er keine Zeit. Empathie kannte er nicht, mit Ausnahme eines Menschen. Für seinen früheren Todfeind Angelos empfand er etwas.

Und er würde Angelos nun brauchen.

5

Istanbul

Ein Mann mit eindeutig arabischen Gesichtszügen beschloss, sich in den Jacuzzi zu begeben. Ein bisschen Entspannung hatte er sich verdient. Die Operation in der Ägäis war perfekt abgelaufen, obwohl keiner damit gerechnet hatte, dass es derart leicht sein würde.

Der Mann stellte sich Abu Bakars Gesichtsausdruck vor und lächelte. Dieser selbstgerechte Idiot. Dachte, er beherrsche die Ägäis für immer. Tja, für jedes Monopol gibt es ein Höchsthaltbarkeitsdatum. Und Abus Zeit war zu Ende, zumindest war der erste Schritt getan.

Der Araber unterschätzte seinen Landsmann nicht. Abu war gewieft, hatte unbegrenzte finanzielle und technische Möglichkeiten und war vollkommen skrupellos. Deswegen war klar, dass der Mann in Istanbul nicht direkt in Erscheinung treten würde. Kein Strang führt zu ihm und das musste auch so bleiben.

Ich möchte ungern von ihm gehäutet werden, dachte der Mann, der alles andere als mutig war. Daher hatte er Männer rekrutiert, die die Operation zuverlässig ausführen würden. Das Ziel? Nun, hauptsächlich der Tod von Abu Bakar und die Übernahme des Imperiums.

Stufe zwei würde morgen gezündet und viel Aufmerksamkeit erregen. Der Mann freute sich regelrecht. Danach würde der offene Krieg beginnen – und ich werde es mir hier gutgehen lassen.

Krieg aus der Ferne – die beste Alternative.

Er schnappte sich sein Tablet und tätigte die fälligen Überweisungen. Die nächsten Eskalationsstufen würden sehr viel Geld kosten, aber davon hatte er reichlich. Ob er durch die Operation Geld verdienen würde, war ihm herzlich egal – es ging um etwas ganz anderes. Der Mann tippte auf den Button „Jetzt überweisen". Plötzlich rutschte ihm das Tablet aus der Hand und versank im sprudelnden Wasser. Er lachte. Egal, ich hab noch zehn weitere hier.

Hauptsache, die Überweisung war rausgegangen. An die Piräus Bank auf Mykonos.

6

Mykonos, Rathaus

Es war kurz nach zwölf, als Bürgermeister Angelos Nikakis sich in seinen Sessel fallen ließ. Vor Mittag rechnete niemand mit ihm.
„Ich werde nie verstehen, warum Menschen, die in der Früh nichts zustande bringen, dazu gezwungen werden, um acht anzutreten. Ich weiß um zehn oft noch nicht, wie ich heiße", sagte Angelos immer.
Die passende Antwort kam immer von seinem Assistenten Gabriel:
„Nicht bei jedem glüht der Unterleib bis um drei Uhr nachts!"
„Neidisch?"
„Auf wen? Auf dich oder Yariv?"
Angelos schmunzelte, weil er die Antwort kannte.
„Natürlich bin ich neidisch auf Yariv. Blöde Frage! Aber der sitzt auch nicht im Rollstuhl …"
„Gabriel.,. Der Rollstuhl spielt keine Rolle. Bei unserem 30-Minuten-Sex warst du schon gelähmt. Es ist nur so, dass ich dich nur als Freund sehe – und mich um dich gekümmert habe. Vielleicht war es nicht genug, aber …"
„Es war mehr als genug und ich bin dir mein Leben lang dankbar. Eifersüchtig darf ich trotzdem sein, mein Schöner! Und jetzt zu den

Neuigkeiten des Tages: wir haben wieder mal einen Bestechungsversuch im Bauamt!"
Angelos verdrehte die Augen. Das würde wohl nie aufhören.

Als Angelos Nikakis sein Amt antrat, löste er als erstes die Bauabteilung auf. Den bisherigen Chef, den Kopf der Hydra, versetzte er in den Ruhestand, zwei weitere Mitarbeiter landeten in der Hafenverwaltung. Dann entschied sich Angelos für einen ungewöhnlichen Weg: er stellte einen deutschen Baubeamten ein. Der suchte für seinen Ruhestand ein kleines Häuschen auf Mykonos. Angelos versprach, ihm dabei zu helfen, im Gegenzug musste Florian Herbst seinen Dienst auf Mykonos sofort antreten und noch vier Jahre das Bauamt leiten.
Natürlich sorgte die Besetzung für lauten Protest. Ausgerechnet ein Deutscher. Aber nachdem Herbst als erstes das Fundament einer Schwarzbau-Villa eines Russen in Kalo Livadi zerstören ließ, begriffen die Insulaner, dass nun wirklich alle vor dem Gesetz gleich waren. Wurde ihr Bauantrag abgelehnt, wussten sie nun, dass bei den Reichen die gleichen Maßstäbe galten.
Die zweite Neuerung war das Anbringen von Kameras im Bauamt.
„Nicht um euch zu kontrollieren, Florian. Aber ein Bestechungsversuch ist nie nachzuweisen, weil es keine Zeugen gibt. Ich brauche einen Beweis. Die Aufnahmen landen ungesehen bei mir im Schrank, ausgenommen du meldest mir einen

Versuch, dann schauen wir uns die Aufnahmen gemeinsam an!"

Genau das taten Bürgermeister und Bauamtsleiter nun.

„Um was für ein Grundstück geht es?"

„Ano Mera, Richtung Foko. Zur Hälfte liegt es im Naturschutzgebiet", sagte Florian.

„Der sieht nach Araber aus", meinte Angelos beim Blick auf die Bilder.

„Angeblich Libanese. Aber nicht mal Pässen kann man heutzutage trauen", knurrte Florian resignierend.

„Was hat er dir geboten? Hab ich das gerade richtig verstanden? 100.000 Euro??", fragte Angelos ungläubig.

Florian nickte.

„Das Maximale waren bisher 50.000 Euro, sehr ungewöhnlich!"

Auf dem Video konnte man sehen, wie Florian aufstand und dem Libanesen die Türe wies. Doch der Mann lächelte nur, stand auf und sagte:

„Vielleicht ist ja der Bürgermeister kooperativer! Ich werde einen Termin mit ihm machen!"

Doch damit sollte er gewaltig daneben liegen.

Der Libanese erschien gegen 15 Uhr.

„Guten Tag, Herr Bürgermeister. Ich bin Investor aus Beirut und möchte im Osten der Insel einen Firmensitz errichten. Weit im Inselinneren, sodass die Landschaft nicht beeinträchtigt ist!"

„Hm, auf den Plänen sieht das mehr nach einer Villa aus. Auf welchem Gebiet ist ihre Firma denn tätig?"

„Finanzdienstleistungen. Wir entwickeln Software für Geldtransaktionen", sagte der Libanese mit dem öligen Haar.

Also Geldwäsche, dachte Angelos.

„Nun, das Problem ist Ihnen bekannt: das Grundstück liegt in einem Naturschutzgebiet!"

„Welches man um ein paar Quadratmeter verkleinern kann", erwiderte der Libanese.

„Und wie soll das gehen?", fragte Angelos.

„Es wäre nur ein Federstrich Ihrerseits!"

„Warum sollte ich das tun?"

„Deswegen!"

Der Libanese legte einen Umschlag auf den Tisch.

„Bestechung?", fragte Angelos.

„Ach kommen Sie. Wir sind in Griechenland. In Sachen Korruption steht ihr noch vor dem Libanon und das will etwas heißen!"

Angelos nahm eine Fernbedienung vom Schreibtisch und drückte mehrmals. Auf dem Bildschirm hinter ihm erschien ein öliger Libanese, der einen Umschlag auf den Tisch legte.

„Ich denke, Sie sollten jetzt gehen", sagte Angelos grinsend.

Der Libanese stand auf, war aber keineswegs erschüttert.

„Wir sehen uns wieder. Und schöne Grüße an Ihren Mann. Er heißt Yariv, nicht wahr?"

7

Als Angelos zuhause eintraf, hörte er schon auf der Treppe das unverwechselbare laute Lachen von Abu Bakar. Auch er war Yarivs Charme erlegen, dachte er.

„Herrenbesuch? Wenn es kein Hetero wäre, könnte ich glatt eifersüchtig werden!"

„Und ich werde vielleicht doch noch schwul. Dein Ehemann ist witzig. Und er kann verdammt gut malen", sagte Abu und hob eine Bleistiftzeichnung hoch.

„So habe ich früher ausgesehen. Yariv hat keine dreißig Minuten gebraucht! Ohne Foto!"

„Wenigstens ist es kein Akt", meinte Angelos lachend und küsste Yariv. „Was führt dich zu uns, Abu?"

„Etwas, was nicht zum Lachen ist. Eines meiner Boote ist auf offener See überfallen worden. Zwei Männer tot. Aber die Ware haben sie liegenlassen!", sagte Abu.

„Kein gutes Zeichen. Heißt: sie haben es nicht nötig", meinte Yariv.

Abu nickte.

„Lass uns nach draußen gehen. Ich sitze den ganzen Tag im Büro", sagte Angelos.

„Höchstens den halben Tag", widersprach Yariv.

„Aber mit doppeltem Einsatz. Also Espresso und nach draußen", befahl Angelos.

Sie setzten sich vor das Haus, rechts lag das Stadion und vor ihnen der Strand der Kitesurfer.

Allerdings waren die meisten von ihnen schon gegangen – ihre Zeit ist der frühe Morgen.

„Wie konnte sie überhaupt dein Boot orten?", fragte Angelos.

„Was glaubst du? Mit Geld. Irgendeiner hat geplaudert. Aber derjenige wird nicht mehr lange leben", sagte Abu Bakar grimmig.

„Aber bitte draußen auf dem Meer", meinte Yariv.

„Und wie willst du denjenigen finden?"

„Indem ich verschiedenen Leuten unterschiedliche Treffpunkte nenne!"

„Dann müsste der Informant auf deiner Yacht sein. Auf dem Lieferboot dürfte nur der Kapitän den genauen Ort kennen und ihn schließt du offensichtlich aus", sagte Angelos.

Abu nickte.

„Du glaubst wirklich, es ist ein Generalangriff auf dein Netzwerk? Es könnte auch nur ein Überfall auf dieses Boot sein", meinte Yariv.

Aber Abu schüttelte mit dem Kopf.

„Dann hätten sie das Kokain mitgenommen. Es war eine Botschaft. Eine Kriegserklärung!"

Angelos stöhnte.

„Und wer glaubst du, steckt dahinter?"

„Unter normalen Umständen würde ich auf Libanesen tippen, aber die Kleinen, die nach oben wollen, hatten ihre Basis alle im Hafen – und der existiert nicht mehr. Auch der IS hat an der syrischen Küste keine Macht mehr. Russen und Ukrainern fehlt die Ortskenntnis. Bleiben Türken und deren Verbündete: Libyer. Letztere sind skrupellos und das musst du in dem Business sein. Außerdem unterliegen sie keiner staatlichen Gewalt. Sie sind der Staat. Und Ankara fördert das Ganze. Aber das alles sind nur Vermutungen!"

„Du musst das in den Griff bekommen, Abu. Es darf keinerlei Wirbel geben. Das wäre das Ende unserer Vereinbarung und das weißt du!"

„Ich will nur eines wissen: kann ich auf dich als Freund zählen?"

Yariv ging dazwischen:

„Du kannst auf uns beide zählen!"

Angelos schmunzelte.

„Mein Chef hat gesprochen!"

Unvermittelt wurde es laut. Ein Kleinflugzeug flog über die innere Bucht.

„Ganz schön tief", sagte Yariv.

„Zu tief für den Anflug auf den Airport", meinte Angelos.

„Was zieht der denn hinterher?", fragte Abu.

Er hatte recht. Hinter dem Flieger sah man eine lange schwarze Leine.

„Ein Werbeflugzeug ohne Werbung?"

Die Maschine flog südlich und verschwand hinter dem Hügel.

Die drei wollten schon zu ihrem Gespräch zurückkehren, als Abu sagte:

„Da ist es wieder!"

Die Maschine ging in den Sinkflug.

„Ist der verrückt? Er zerschellt", rief Abu.

Doch das tat er nicht. Er schwenkte ein auf die Uferlinie und näherte sich Paradise Beach.
Die folgenden Ereignisse aber konnte man von Ornos aus nicht sehen.

8

Erik und Freddy waren ein schwules Pärchen aus Düsseldorf. Seit 23 Jahren zusammen – mehr oder weniger. Manchmal irrlichtete der eine, dann wieder der andere. Immer auf der Suche nach Mr. Right. Am Ende stellten beide fest, dass sie den passenden Partner schon längst gefunden hatten.
In Sachen Urlaub aber gab es nie Differenzen. Man fuhr nach Mykonos. Basta. War man endlich dort, ging es selbstverständlich nach Paradise Beach.
Beide waren in den gehobenen Vierzigern, aber wie es bei vielen Schwulen so ist: sie verlieren den Realismus in Sachen eigener Vergänglichkeit. Man hält sich für jünger als man ist. Während die älteren Gays – und das bedeutet über 25 – mittlerweile nach Elia umgezogen waren: Erik und Freddy gingen zielstrebig vom Parkplatz des „Tropicana" zum Paradise Beach.

Endlich hatten sie es geschafft. Nach 50 Wochen war man wieder im Zentrum schwulen Partylebens.

Dass alle anderen mehr als eine Generation jünger waren – geschenkt. Außerdem: Bauchansatz und Doppelkinn haben wir selbst, also wollen wir im Urlaub etwas anderes sehen.

Schon der Beachboy, der sie begrüßte, bezauberte durch ein Lächeln und noch mehr durch seinen Körper.

Erik und Freddy wählten die erste Reihe Sonnenliegen zum Sonderpreis von 65 Euro. Egal. Mykonos war einmal pro Jahr.

Mit einem Seufzer ließen sich beide auf die Liege fallen. Die knappe Gay-Badehose hatten sie richtigerweise gegen weitere Shorts getauscht, ansonsten fühlten sie sich in ihre Jugend zurückversetzt.

Doch: es hatte etwas verändert – heutzutage liefen keine Gay-Classics, sondern es wummerte der House-Beat.

Waren das noch Zeiten, als der ganze Strand Gloria Gaynors ‚I will survive' sang, dachte Freddy.

Plötzlich wurde der Sound in den Hintergrund gedrängt, denn ein Kleinflugzeug näherte sich von rechts.

Ein Kabel hintendran? Ohne Werbung? Und überhaupt: waren Werbeflugzeuge nicht aus den Achtzigern? „Ganz schön tief", sagte Erik zu Freddy.

Es war die letzte Konversation zwischen den beiden.

Die folgenden Ereignisse liefen in Eriks Kopf in Zeitlupe ab und verhinderten so jede Reaktion.

Erst der Stakkato-Lärm, dann der aufspritzende Sand, der sich näherte.

50 Meter, 40 Meter, 30 Meter …

Erik begriff noch immer nichts.

Dann wurden die Einschläge dumpfer, denn Freddys Körper schluckte das Geräusch.

Stattdessen lief das Blut in Strömen aus dem Unterleib.

Erst jetzt sah Erik an sich herunter und realisierte, dass auch ihm eine warme Flüssigkeit von der Brust abwärts strömte.

I will survive, Remix 2020, war das letzte, was Eric hörte.

But he didn´t.

9

Angelos, Yariv und Abu rasten mit dem SUV Richtung Paradise. Das Handy stand nicht mehr still, seit der erste Anrufer mehrere Wörter dahingestammelt hatte: Flugzeug, Tote, Schüsse, Paradise.

Auf dem Weg zum Flughafen gab Angelos Yariv sein Handy.

„Such unter ‚Kontakte' nach ‚Notabschaltung' und drück den grünen Knopf", sagte Angelos laut.

„Erledigt. Und was habe ich jetzt ausgeschalten?", fragte Yariv.

„Das Handynetz. Das kann jede Kripostelle bei einer Bombendrohung oder einem Attentat. Oft geht die eigentliche Bombe erst bei den Rettungsarbeiten hoch!"

„Wie damals in Dschidda", meinte Abu.

Angelos nickte.

„Aber ich habe noch Netz", sagte Yariv.

„Ja. Das normale Netz wird ausgeschalten und das sogenannte ‚Sichere Netz' angeschaltet. Auf Mykonos sind das wir, Feuerwehr, Klinik, Hafen und Airport", erklärte Angelos.

Angelos bog vor dem Flughafen rechts ab. Eine endlose Schlange von Autos kam ihnen entgegen.

Flüchtende Touristen. Je näher sie kamen, desto langsamer wurden sie, bis sie standen.

Angelos konnte sich das Chaos auf dem Parkplatz des „Tropicana" vorstellen.

„Das macht keinen Sinn. Wir müssen laufen", sagte Yariv.

Sie ließen den SUV am Strand stehen und rannten die Straße hinunter zum Strand.

Als sie ankamen, bot sich ihnen ein chaotisches Bild.

Verletzte wurden davongetragen. Die Unverletzten unterhielten sich wild gestikulierend oder machten Fotos für ihren Twitter- oder Instagram-Account – aber Hochladen funktionierte nicht.

Nikos, der Feuerwehrkommandant, war als Erster vor Ort. Er wohnte in der Nähe und war noch ohne Stau durchgekommen.

„Hallo, Angelos. Sieht übel aus!"

„Wie viele?", lautete Angelos´ knappe Frage.

„Vier Tote, acht Verletzte, zwei schwer. Die sechs anderen sind schon auf dem Weg in die Klinik. André weiß Bescheid. Aber der Hubschrauber braucht von Athen 30 Minuten. Das ist zu lang!"

Angelos nickte.

„Warte. ABU!"

„Ist dein Hubschrauber in der Nähe?"

„Auf der Yacht, ja!"

„Kannst du ihn herbringen? Zwei müssen nach Athen. Und deine Leute sollen die Radardaten überprüfen!"

„Dazu brauche ich aber dein Handy", sagte Abu grinsend.

Die Radardaten würden nichts bringen, denn das Flugzeug flog nur knapp über Grund und Meeresoberfläche.

Yariv zückte sein Handy und rief den Flughafen an.

„Lucas? Yariv Nikakis. Bitte frag bei den Flughäfen in der Umgebung an, ob dort eine Kleinmaschine gelandet ist, die ein Seil hinterher zog. Du weißt schon. Wo sonst ein Werbebanner dranhängt. Samos, Naxos, Lesbos. Sehr viel weiter kann es nicht gekommen sein!"

„Yariv! Wir brauchen Projektile", sagte Angelos. Doch Nikos hatte noch irgendetwas auf dem Herzen.

„Noch eines, Angelos. Die Opfer!"

Bitte keine Israelis und Deutsche, dachte Angelos.

„Es sind zwei Israelis und zwei Deutsche", sagte Nikos.

Angelos fluchte.

Das würde bedeuten, dass neben Athen sich auch noch Tel Aviv und Berlin einmischen würden. Aber in was? Angelos konnte sich keinen Reim darauf machen.

Kostas Charistos kam näher. Er war der Betreiber des „Tropicana".

Dann sah er Abu und blieb stehen. Die Angst stand ihm ins Gesicht geschrieben. Abu hatte in seiner Anfangszeit eine CD „Best of torture" verschickt, die allen nachdrücklich vor Augen führte, dass man besser kooperierte, außer man wollte sich Nägel in den Hoden einhandeln.

Abu machte nur eine Kopfbewegung, die in Richtung Büro deutete. Angelos und Yariv folgten den beiden.

Charistos blieb stehen.

„Mit den beiden?"

„Natürlich, du Idiot", knurrte Abu.

Im Büro nahm Abu auf dem Chefsessel Platz, um gleich für klare hierarchische Verhältnisse zu sorgen.

„Also. Was hast du zu sagen?", fragte Abu.

„Ich??? Was weiß denn ich? Ein Spinner. Ein Anschlag von Islamisten. Reiner Zufall, dass dies bei mir passiert", sagte Charistos.

„Die Flugmanöver waren nicht einfach. Und dann schießt der Mann im Grunde genommen vorbei? Hätte er auf die weiteren Reihen gezielt, hätte es dreißig Tote gegeben. Für mich sieht es eher nach einer Warnung aus, auch wenn die vier Toten dies wohl anders sehen", sagte Abu Bakar.

„Warum sollte gerade Charistos gewarnt werden?", fragte Yariv.

Abu Bakar holte tief Luft.

„Weil das ‚Tropicana' das Verteilerzentrum für die ganze Insel ist. Das ‚Cavo' gleich daneben, das ‚Scorpio´s' um die Ecke! Logistisch gesehen ideal!"

„Wusstest du das?", fragte Yariv.

Angelos nickte.

„Wieviel hast du hier verkauft im letzten Monat?", fragte er.

Charistos schaute hilfesuchend zu Abu.

Der nickte.

„Zwei Kilo!"

Das macht 66 Gramm pro Tag. Für einen Hochsaison-Monat eher wenig", stellte Angelos fest. Abu hatte sich also an die Vereinbarung gehalten.

„Irgendwelche Zwischenfälle die letzten Monate? Überdosen?", hakte Angelos nach.

„Nichts. Wer schon zugedröhnt ist, bekommt nichts. Unter 18 kommt eh keiner rein. Wir arbeiten mit QR-Code und den bekommt man nur, wenn man den Ausweis auf das Gerät legt", sagte Kostas Charistos, dem es sichtlich unwohl war, vor Angelos über dieses Geschäftsfeld zu reden.

„Meines Wissens gilt das für die ganze Insel", meinte Abu zu Angelos.

„Ich weiß nichts Gegenteiliges, also beruhige dich. Du hast deinen Teil der Vereinbarung eingehalten, ich auch. Das ist aber nicht die Frage. Wenn das hier kein üblicher Anschlag war, haben wir beide ein Problem. Und das müssen wir lösen", antwortete Angelos.

„Als ob ich das nicht wüsste", knurrte Abu Bakar.

„Äh, können wir dann anfangen, den Strand herzurichten? Morgen muss er wieder perfekt aussehen", sagte Kostas.

Yariv war entsetzt und schüttelte den Kopf.

„Willkommen auf Mykonos, mein Kleiner! Die ganze Insel ist eine einzige Registrierkasse, in die aber nur jeder dritte Vorgang eingegeben wird!", antwortete Angelos.

„Wann willst du das Netz wieder einschalten?", fragte Abu.

„Jetzt. Verschleiern lässt sich ohnehin nichts. Zu viele Zeugen. Und die übliche Gasexplosion ist an einem Strand wenig glaubhaft. Aber ich werde sagen, dass nichts auf einen islamistischen Anschlag hindeutet und dass es auch die Tat eines geistig Verwirrten sein könnte. Wir

ermitteln in alle Richtungen. Bla, bla. Jedenfalls kein Wort über einen Zusammenhang mit Drogen. Einverstanden?", fragte Angelos.
Die Runde nickte.

10

Yossi Cohen seufzte, als sein gepanzertes Fahrzeug sich die Straße von Tel Aviv nach Jerusalem hocharbeitete. Er mochte Jerusalem nicht. Er war säkularer Israeli und bevorzugte das quirlige und mondäne Tel Aviv. Letzteres stand für die Zukunft und Jerusalem für die Vergangenheit.

Seine Abneigung hatte noch eine weitere Ursache. Das Ziel seiner Reise. Der Mann, der das Land führte. Er konnte ihn nicht ausstehen und das beruhte auf Gegenseitigkeit. Nicht die beste Voraussetzung für den Chef eines Geheimdienstes. Seine Abneigung fußte auf der Verachtung all jener, die den Staat als Selbstbedienungsladen oder persönliches Eigentum betrachteten.

Außerdem habe ich keine Ahnung, was er will. Ja, es gab zwei tote Israelis auf Mykonos. Aber der Zwischenfall ereignete sich vor zwei Stunden.

Glaubt der Trottel wirklich, ich hätte schon valide Erkenntnisse?

Zügle dich, versuchte seine innere Stimme durchzudringen. In ein paar Monaten ist der Mann Geschichte.

Das Auto zwängte sich durch die Menge an Demonstranten, die offensichtlich vor dem Privathaus des Premierministers ihren neuen Hausstand begründet hatten.

Yossi Cohen lächelte. Zumindest für einen Moment.

Die Stimme und vor allem die Art des Premierministers ließen Cohens Gesicht wieder einfrieren.

„Ah. Endlich! Was haben Sie für Erkenntnisse über Mykonos?", blaffte der Regierungschef.

„Herr Premierminister, das Ganze hat sich vor zwei Stunden ereignet. Es gibt noch überhaupt keine Erkenntnisse!"

Nie mehr sagen als nötig. Das hatte Cohen als Erstes gelernt.

„Dann sollten Sie sich schnell darum bemühen. Es ist Ihre Aufgabe, unsere Bürger zu schützen!"

Das ist deine Aufgabe, Idiot.

„Ich werde den griechischen Premier anrufen und Dampf machen und da …"

Cohen hob die Hand.

„Das können Sie sich sparen. Wir haben einen direkten Kontakt auf Mykonos. Den örtlichen Kommissar!"

Der Premier lachte.

„Ein Dorfpolizist? Sie glauben, dass in so einem Fall die örtliche Inselpolizei ermittelt?"

37

Yossi Cohen grinste.

„Der Mann ist ein persönlicher Freund des griechischen Premiers. Außerdem hat er uns bei zwei Operationen unterstützt. Bei einer davon verlor sein Ehemann das Leben. Um ehrlich zu sein: ich habe versucht, Angelos Nikakis für uns zu gewinnen, aber das hat er leider abgelehnt. Ich hätte gerne mehr von der Sorte! Jedenfalls brauchen wir vorläufig kein eigenes Ermittlerteam, das schafft Nikakis schon selbst. Abgesehen davon, dass er mich ohnehin laufend informieren wird. Braucht er Hilfe, wird er es sagen und wir werden zur Stelle sein. Noch wissen wir nicht, ob es überhaupt ein Anschlag war!"

„Ein Luftangriff? Was soll es denn sonst sein?", blaffte der Premier.

„Luftangriff wäre übertrieben. Es war eine Cessna, aus der geschossen wurde. Aber wie auch immer. Sobald ich wieder in der Zentrale bin, rufe ich Angelos an und dann werden wir sehen!"

Der Premier grinste. Er wusste, dass Cohen schwul war – wie halb Tel Aviv, dachte der Premier grimmig. Gott sei Dank sitze ich in Jerusalem.

„Wir duzen uns, ja. Aber er ist glücklich verheiratet. Übrigens: mit einem Juden! Guten Tag, Herr Premierminister!"

Als er wieder im Auto saß, musste er lachen.

Hätte ich ihm gesagt, dass Nikakis´ früherer Mann Araber ist, wäre diesem Idioten das Gesicht entgleist.

„Eli, ich brauche Angelos Nikakis auf einer sicheren Leitung", sagte Cohen und lehnte sich zurück.

Sollte ich nach Mykonos müssen, wäre es auch kein Fehler.

Mykonos ist einfach schön und hat viele Attraktionen.

Die schönste Attraktion war zweifellos Nikakis.

11

Zwei Stunden später saßen Angelos, Yariv und Abu in Ornos am Küchentisch. Noch gab es kein Bekennerschreiben oder eine Botschaft der Täter, was die Zuordnung erleichtert hätte. Bis dahin war es nur eine Vermutung, dass ein anderer Drogenbaron hinter den Ereignissen steht.

Angelos´ Telefon brummte fast durchgehend, aber er ging nicht ran. Die Medien konnten ihn mal.

„Ich muss Athen und Tel Aviv anrufen. Berlin soll Migiakis machen. Dafür ist er schließlich Premier!" Er hatte das Handy schon in der Hand, als es wieder zu brummen begann.

„Nikakis", blaffte Angelos in das Telefon.

„Und? Wie ist der Sex mit einem beschnittenen Juden?", sagte die Stimme.

„Das geht Sie einen feuchten …", begann Angelos, doch dann erkannte er die Stimme. „Yossi?"

Yossi Cohen lachte.

„Es wird dich überraschen, aber Yariv ist nicht beschnitten. Er ist nur ein Deko-Jude. Aber ein süßer. Hat dich dein Ministerpräsident schon gequält?", fragte Angelos.

Yossi knurrte nur.

„Du kannst ihm doch ein paar Brocken hinwerfen. Es war reiner Zufall, dass an der Stelle Israelis und Deutsche lagen. Einen Meter weiter hinten hätte es Franzosen oder Italiener erwischt. Außer der Attentäter war ein Schwulenhasser, aber die sind meist zu dumm fürs Fliegen!"

Yossi Cohen lachte.

„Unter uns: ich vermute eine Art Drogenkrieg", sagte Angelos.

„Jemand greift deinen Freund Abu an?"

„Gibt´s etwas, was ihr nicht wisst?"

„Gott sei Dank nicht. Ich schicke morgen einen Flieger für die Leichen!"

„In Ordnung, Yossi!"

Aber Yossi beendete das Gespräch nicht.

„Äh. Noch eine private Frage. Vor ein paar Wochen haben wir gehört, dass eure Küstenwache nach deinem Ex-Mann sucht!"

„Stimmt. Er wollte mich und Yariv an Bord seiner Yacht in die Luft jagen!"

„Sollen wir versuchen, ihn zu finden? Du hast noch einiges gut bei uns", sagte Yossi.

„Danke, aber wir wollen nur unsere Ruhe. Wenn ihr ihn finden würdet, gäbe es einen Prozess und … danke, nein", meinte Angelos. „Aber halt: bei einem Punkt könntest du uns helfen. Die Radardaten zeigen gar nichts an, weil die Cessna zu tief flog. Aber es war ein älteres Werbeflugzeug, denn es zog ein langes Seil hinter sich her. Gut, sie werden es längst entfernt haben. Dennoch: ihr seid doch in der Türkei gut vertreten, oder?"

„Bei unserem Lieblingsfeind? Ja, wir mussten aufstocken. Sollen wir uns umhören, ob die Cessna an der türkischen Küste gelandet ist?"

„Noch besser wäre, wenn ihr herausfinden könntet, wer geflogen ist oder wem die Cessna gehört!"

Yossi stöhnte.

„Wir tun, was wir können. Schönen Gruß unbekannterweise an Yariv!"

Yariv schaute Angelos entgeistert an.

„Du kennst den Mossad-Chef und duzt ihn?"

„Dein Mann ist eine Mischung aus Politiker, Pin-up-Boy und 007", sagte Abu und lachte.

„Aber ohne Girls und ohne Martini", meinte Angelos.

Schon brummte das Handy erneut. Athen.

„Wann wollte der gnädige Herr mich denn informieren? Oder gehört Mykonos nicht mehr zu Griechenland?", sagte Premierminister Migiakis.

„Gute Frage. Ich werde ein Referendum abhalten und meine Feuerwehr bewaffnen, falls du uns angreifst. Sei froh, wenn ich dir das Telefonat mit Jerusalem abgenommen habe", meinte Angelos. „Ich habe mit Tel Aviv gesprochen und das reicht. Ich weiß doch, wie sehr du den israelischen Botschafter liebst!" Migiakis knurrte.

„Ein widerlicher Giftzwerg. Dann bleibt mir nur noch Berlin. Auch nicht besser!"

„Du musst dir dein Geld schon verdienen, mein lieber Antonis! Aber ich vermute, dass es mit Drogen zu tun hat. Also spar dir die übliche IS-Nummer …"

„Ein Drogenkrieg? Das beruhigt mich ja ungemein!"

„Ich versuche ihn zu verhindern. Und wenn du jetzt auf den roten Knopf drückst, kann ich damit anfangen!"

Die Leitung war tot.

12

Bürgermeister Nikakis war noch nicht einmal zur Türe drin, als ihm Gabriels Gesicht anzeigte, dass er heute das Rathaus besser nicht betreten hätte.

„Der Hotelverband – er fürchtet nach dem Attentat um die Saison. Die Klinik – wer bezahlt die Behandlung. Der Zoll – bei den Leichen fehlen Papiere. Die Medien … Reicht das zur Begrüßung?"

Angelos machte kehrt und wollte schon die Türe schließen.

"Hiergeblieben, Schöner", rief Gabriel. "Ich musste mir das auch alles anhören!"

"Gut, aber dann musst du mir erst auf dem Klo einen blasen, sonst steh ich das nicht durch", sagte Angelos.

Tatsächlich rollte Gabriel zur Toilette.

"Das war ein Scherz, Gabriel. Sex auf dem Klo ist das Letzte!"

"Schade", meinte Gabriel und grinste.

"Aber am meisten wird dich wohl der Anruf aus Syros ärgern. Du glaubst es kaum. Die Provinzregierung hat das Bauverbot für den Libanesen aufgehoben und die Genehmigung erteilt!"

Angelos bekam einen hochroten Kopf.

"War ja klar. Korrupt bis ins Mark!"

Die Provinzregierung war das Zentrum all dessen, was Angelos an der griechischen Verwaltung zur Verzweiflung brachte.

Korruption, Inkompetenz, Faulheit.

Die Provinzregierung nutzte jede Gelegenheit, um Mykonos – und damit Angelos – eine auszuwischen. Meist scheiterten sie, denn Angelos brauchte nur zum Telefon zu greifen und dem Premierminister zusetzen, worauf Migiakis immer genervt nachgab und Syros zurückpfiff.

"Jetzt flippst du wahrscheinlich ganz aus: die haben heute früh um acht mit den Erdarbeiten

43

begonnen", sagte Gabriel vorsichtig. „Stoppen lassen?!"

Angelos schüttelte mit dem Kopf. Aber er grinste.

„Alles klar. Die Glattnatter?", fragte Gabriel.

Angelos nickte.

„Aber wir lassen sie weiterbauen, bis der Rohbau fertig ist. Und dann schicken wir die Bagger. So wird es teurer!"

Gabriel lachte.

„Also schicke ich jetzt Nikos zum Tierheim. Der soll die Glattnatter holen und in Ano Mera fotografieren!", sagte Gabriel.

„Aber dieses Mal bitte so, dass die Natter noch da ist, wenn er das Foto macht", sagte Angelos. „Wir haben nur noch drei!"

Er rief im Amtsgericht an.

„Alexandros? Ein Glattnatter-Fall. Genehmigung 211/20.

Wie lange?

Danke!"

Zehn Minuten später ratterte das museumsreife Faxgerät und spuckte eine gerichtliche Verfügung aus. Eine Minute später hatte Bürgermeister Nikakis die Provinzregierung an der Strippe.

„Ich kann es mir auch nicht erklären, aber nach der EU-Verordnung 46/989 steht die Glattnatter nun mal auf der Liste der geschützten Tiere und daher ..."

„Fünf Glattnattern in drei Monaten? Ich wohne seit 20 Jahren auf den Kykladen. Ich habe noch nie eine gesehen", raunzte der stellvertretende Präfekt.

„Ich würde als Glattnatter auch nicht nach Syros gehen", antwortete Angelos.

Gabriel prustete im Hintergrund los.

„Ich schicke Ihnen ein Foto und die gerichtliche Anordnung!"

„Sie sind schlimmer als die Pest, Nikakis", brüllte der Vize-Präfekt.

„Aber im Gegensatz zu Ihnen nicht bestechlich. Schöne Grüße aus Mykonos. Ende!"

13

Nasif Wazny, war tatsächlich libanesischer Staatsbürger und er amüsierte sich königlich ob der Tatsache, dass er mit seinem eigenen Pass reiste. Seine anderen Identitäten waren weitestgehend schon verbrannt und somit unbrauchbar.

Es war ein guter Tag für ihn. Der Besuch in Syros war lehrreich. Griechenland war noch immer so korrupt wie früher. Sehr beruhigend.

Keine Stunde nachdem er das Schreiben der Provinzregierung in der Hand hielt, rückten die Bagger in Ano Mera an.

Der Bastard im Rathaus Mykonos würde toben, aber das war Teil des Plans.

Die Flugbegleiterin räumte sein Champagnerglas weg, denn die Maschine von Turkish Airlines setzte zur Landung an.

Außer einem Aktenkoffer hatte Nasif nichts dabei und so saß er zehn Minuten nach der Landung im Taxi. Die Anweisungen waren deutlich. Zwei Mal Taxi wechseln, dann zehn Minuten zu Fuß, durch eine Metrostation hindurch und dann wieder ein Taxi.

Entweder war der „Falke" Geheimdienstler oder paranoid. Oder beides.

Im Hotel angekommen ging er direkt zum Aufzug und fuhr in den vierten Stock.

Suite 402.

Nasif klopfte.

Der „Falke" nickte nur, als er Nasif sah.

„Irgendwelche Verfolger?", fragte er.

„Nein!"

„Legen Sie Ihr Handy in den Korb dort!"

Nasif tat wie geheißen und nahm dann Platz in einem Sessel.

„Nun, das Event gestern lief ziemlich gut. Ich bin sehr zufrieden", sagte der Falke. „Was ist mit unserer Zentrale?"

Nasif lächelte.

„Die Genehmigung ist heute erteilt worden und ich habe die Bauarbeiter sofort in Marsch gesetzt!"

„Sie glauben, Nikakis nimmt das einfach so hin? Im Leben nicht. Lassen Sie die Baustelle bewachen. Und ich meine damit nicht Kameras", sagte der Falke.

Nasif hatte verstanden.

„Gut, dann können wir jetzt über Stufe 2 sprechen. Machen wir uns nichts vor. Abu weiß, dass etwas im Gange ist. Er wird aufrüsten. Mit einem Enterhaken wird es nicht getan sein", stellte der Falke fest.

Auf einer Stange saß ein richtiger Falke mit Haube. Der Mann nahm den Falken auf den Arm. Er ging nach draußen, öffnete eine Schachtel und holte eine Maus heraus. Quickend lief sie über die große Terrasse der Suite. Der Mann ging nach innen und nahm die Haube ab. Blitzschnell flog der Falke nach draußen, flog einen Bogen und stürzte sich auf die Maus.

„Gut gemacht, Ibrahim", sagte der Mann, der Falke genannt wurde.

Genau so würde es Abu Bakar ergehen.

14

Wird es gefährlich für uns?". fragte Yariv, als sie gegen Mitternacht ins Bett fielen. „Wenn, dann nur für mich. Dich halte ich weitestgehend raus", sagte Angelos.
„Unterstehe dich. Ich bin genauso Kommissar wie du. Und kein schlechter", widersprach Yariv.
„Das habe ich doch nicht gesagt, aber ...."
„Kein ‚aber'. Wir machen alles gemeinsam. Glaubst du im Ernst, ich sitze hier und warte, dass Abu kommt und mir von deinem Ableben berichtet?"
„Mit mir könntest du meinen Tod live verfolgen. Ist das besser?", fragte Angelos.
„Auf jeden Fall. Dann könnte ich mich wenigstens sofort erschießen und mich neben dich legen. Aber vorher fasse ich dir noch einmal in den Schritt", sagte Yariv.
Angelos lachte.
„Wir könnten das Ganze gleich mal üben", meinte Yariv.
„Das Erschießen oder das mit dem Schritt?"
„Meine Glock ist unten, also machen wir nur den zweiten Teil"!
Doch die beiden Herren kamen nicht dazu, denn um 0 Uhr 10 brummte das Handy.
Angelos fluchte.
Es war Nikos, einer der Verkehrspolizisten, die nachts den Notruf besetzten.

„Angelos, wir haben einen Toten. Sieht nach Drogen aus. Im ‚Bonbonniere‘!"

„Sie sollen ihn liegenlassen", sagte Angelos.

„Zu spät. Die Idioten haben ihn ins Büro geschleift. Er habe die Toilette blockiert", antwortete Nikos.

„Dann zeige ich denen mal, was eine Blockade ist. Bitte geh mit Giorgios hin und schmeiß alle Leute raus. Und Dimitri kannst du sagen, dass der Laden auch morgen geschlossen bleibt. Kleine Lektion", sagte Angelos. „Wir sind gleich da!"

Yariv war sichtlich verärgert ob des ausgefallenen Sex´.

Angelos parkte am Fabrika-Platz, denn zum Drei-Brunnen-Platz kam man nur zu Fuß.

Schon auf Höhe des Kioskes stand ein erzürnter Dimitri.

„Das ist vollkommen unverhältnismäßig. Wir haben ohnehin 70% weniger Umsatz im Vergleich zum letzten Jahr! wegen diesem Virus-Scheiß"

„Und den Rückgang versucht ihr zu kompensieren, indem ihr mehr Drogen verkauft!"

„Das stimmt nicht. Wir halten uns an die vorgeschriebene Menge!"

„Wer´s glaubt!", sagte Angelos.

Tatsächlich hatten sie den Jungen ins Büro geschleift.

„Wenn der keine 18 ist, dann Gnade dir Gott", sagte Angelos.

Yariv schaute in den Hosentaschen und zog eine Brieftasche heraus.

„Er sieht zwar aus wie 15, aber er ist vor vier Tagen 18 geworden. Armer Kerl!"

Dann tat Yariv etwas Seltsames. Er strich dem Jungen über die Lippen und sah anschließend auf seinen Zeigefinger.

„Schwarzer Schaum. Das ist Sisa. Und Abu verkauft das Dreckszeug nicht. Erlaubt sind nach der Regel nur Opiate oder Opioide. Kein Meth oder anderes Gepansche", sagte Yariv.

„Entweder hält sich Abu nicht an die Regel oder die Herrschaften verkaufen auf eigene Rechnung. Denn bei Sisa liegt die Gewinnspanne fünf Mal so hoch", erklärte Yariv.

„Es ist garantiert nicht Abu. Tja, ich befürchte, Dimitri, du bekommst tierischen Ärger", meinte Angelos.

„Bitte, ich weiß nicht, woher der Junge das Zeug hat!"

„Gut, dann rufe ich jetzt Abu an und er übernimmt das Verhör. Das wird dann wahrscheinlich nicht sehr angenehm. Aber gut, man kann auch ohne Fingernägel leben!"

Aber Yariv ging dazwischen.

„Wir brauchen eine Autopsie. Ich rufe den Krankenwagen!"

Dimitri war sichtlich erleichtert, dass das Thema Abu kurz aus dem Fokus geriet.

Angelos lief Yariv nach und hielt ihn am Arm fest.

„Warum ist dir die Autopsie so wichtig? Du sagst doch selbst, er ist an Sisa gestorben."

„Ja, aber uns geht es um die Frage, ob das ‚Bonbonniere' für Dritte verkauft!"

„Und eine Autopsie gibt dir darauf die Antwort?", fragte Angelos.

„Ja. Zumindest hoffe ich es. Ich kenne mich mit Sisa aus", sagte Yariv und wollte gehen, drehte sich aber wieder um.

„Entschuldige. Das klang ziemlich arrogant. Natürlich bist du hier der Boss!"

„Kleiner – der Boss bin ich nur, wenn ich auf dir liege, ansonsten bin ich Wachs in deinen Händen", sagte Angelos.

„Ich weiß, aber ich werde es nie ausnutzen – außer beim Sex vielleicht!"

Die zwei Krankenpfleger kamen mit der Trage, um die Leiche zu holen.

„Gut, dann fahren wir in die Klinik!"

Fünf Minuten später standen Yariv und Angelos auf dem Gang der „Hygeia"-Klinik. Chefarzt André Silva kam aus seinem Zimmer und verdrehte die Augen.

„Das neue Duo infernale. Was habt ihr dieses Mal? Eine gehäckselte Leiche?"

„Nein. Eine Sisa-Leiche, wenn Ihnen das etwas sagt. Und wir müssen nur einen Blick in die Leiche werfen. Zur Not machen wir es selbst", sagte Yariv.

André starrte ihn an, als wäre er nicht ganz bei Trost.

„Ich sehe schon, ihr passt hervorragend zusammen. Der ist ja noch arroganter als du",

51

knurrte André in Richtung Angelos. „Wenn Sie sich so gut auskennen, brauchen Sie mich ja nicht", schnauzte er Yariv an und verschwand im nächsten Zimmer.

Yariv sah Angelos an, setzte den Hundeblick auf und drehte an seiner Locke.

„Ich und arrogant?"

Angelos lachte laut.

„Allein für diese 30 Sekunden müsste ich dich lieben!"

„Wenn ich diesen seltsamen Doktor richtig verstanden habe, dürfen wir selbst die Leiche öffnen, oder?"

„Meinst du das ernst?", fragte Angelos.

„Natürlich. Ein simpler T-Schnitt. Oder bist du empfindlich?"

„Nö. Also in den Keller mit dem Herrn!"

Zwei Minuten später hatte Yariv das Skalpell in der Hand und schnitt den Querbalken. Er benötigte mehr Kraft als erwartet.

„Stramme Bauchmuskeln. Der Junge ist kein Wrack", sagte Yariv und setzte den Längsschnitt. Ohne Anzeichen von Übelkeit klappte er den Bauch auf.

„Klärst du mich jetzt bitte auf?", fragte Angelos.

„Natürlich, Großer. Was weißt du über Sisa?"

„Nicht viel, außer dass es der pure Dreck ist!"

„Genau das. Chemie-Zeug wie Meth, allerdings so empfindlich, dass es nur außerhalb von Gebäuden gebraut werden kann. Verwendet wird Lithium aus Batterien oder Motoröl. Einige

Panscher haben sich selbst in die Luft gesprengt. Wer das Brauen überlebt, verdient ein Vermögen. Sisa ist billiger als eine Schachtel Zigaretten. Momentan zwei Euro pro Trip. Die ganz unten können sich Sisa leisten – im Gegensatz zu Alkohol und Nikotin. Und glaube mir, in Athen gibt es Hunderttausende, die ganz unten leben!"

„Ich glaube dir fast alles. Nur: was hat das mit der Autopsie zu tun?"

„Ganz einfach: die Reagenzien – sprich: der Dreck – führen unweigerlich zum Tod. Schon bei ein oder zwei Trips bilden sich Eitergeschwüre an Organen. Sisa überlebt keiner!"

„Dann stirbt aber auch die Kundschaft schnell, aber ich vermute, du sagst jetzt, es gäbe genug andere", meinte Angelos.

Yariv lächelte.

„Ich wollte dir keinen Vortrag halten!"

„Wenn du etwas besser weißt: nur zu. Hab ich kein Problem damit", sagte Angelos.

„Fein. Der Junge hat keinerlei Eiter. Was bedeutet, dass er Sisa wahrscheinlich vorher nie konsumiert hat. Ich vermute, man hat ihm im ‚Bonbonniere' den Dreck als Meth verkauft!"

„Gut. Du vermutest, Dimitri verkauft für den oder die Neuen? Das wird Abu interessieren", sagte Angelos.

„Aber du weißt schon, dass du Grenzen überschreitest. Du mischt dich in einen Drogenkrieg ein und ergreifst Partei für einen", stellte Yariv fest. „Für einen Kommissar grenzwertig!"

„Mag sein. Aber ich helfe einem Freund. Und ich rette Leben, wenn ich verhindern kann, dass die Insel mit dem Dreck überzogen wird. Abus Koks ist so rein wie nirgendwo und schadet nicht wirklich jemand. Ich bin was Drogen angeht, komplett anderer Meinung als der Mainstream. Wer Kokain oder Marihuana kriminalisiert, müsste konsequent auch Alkohol und Schmerzmittel verbieten. Das Suchtpotential ist ziemlich gleich. Also bitte keine Moralpredigten. Entscheidend ist für mich aber: Abu ist mein Freund. Basta!"
Yariv lächelte, gab Angelos einen Kuss und sagte:
„Nichts anderes habe ich erwartet. Abu ist auch mein Freund! Er ist ja nicht ganz unbeteiligt daran gewesen, dass ich Herr Nikakis drei bin!"
„Frecher Kerl. Außerdem weißt du sehr genau, dass du nach Alex Herr Nikakis zwei bist. Mit Khaled war ich nie verheiratet, was die Papiere angeht!"
Ein Schatten huschte über Angelos´ Gesicht.
„Wie konnte ich mich nur so täuschen!"
„Dafür hast du dieses Mal genauer hingesehen und einen Volltreffer gelandet!"
Angelos prustete los.
„Ich bin in deine Honigfalle getappt und unter- gegangen!"
„Oh, armer Angelos."
„Und dann immer dieser schreckliche Zeige- finger an meinem Schwanz!"
„Du meinst den hier?", fragte Yariv und genoss die immer gleiche Reaktion.

„Herrgott! Da liegt eine Leiche, Yariv!"

„Du hast vollkommen recht!"

Yariv nahm ein Laken und deckte den Jungen zu.

„Jetzt sind wir unter uns. Was machen wir jetzt mit der Erektion? Soll ich vielleicht …?"

„Du bist ein Monster!"

„Aber ein süßes. Das einzige Monster hier ist das da!"

Yariv war mittlerweile mit mehr als nur dem Zeigefinger am Werk.

„Was meintest du?"

„Gnade, Kleiner!"

„Ich hab´s nicht richtig verstanden", sagte Yariv und grinste.

„Scheißkerl! BITTE!"

Kaum hatte Yariv ihn ausgepackt und endlich im Mund, ging die Türe auf.

Chefarzt André Silva starrte ungläubig auf die Szenerie.

„Wie oft muss ich dieses scheußliche Riesending denn noch sehen? Und warum will es jeder … Ach, vergesst es. Da liegt eine Leiche, junger Mann!"

„Zu Ihren Fragen: er ist schön und schmeckt nach Pfirsich. Und den Herrn auf dem Tisch stört es sicher nicht mehr. Und jetzt entschuldigen Sie uns bitte. Ich habe hier zu arbeiten", sagte Yariv und machte einfach weiter.

Angelos lachte laut los.

Und André knallte die Türe zu.

„Chronisch untervögelt", sagte Yariv.

„Sei gnädig. Er ist wohl immer noch in Alex verknallt. Und sauer, weil Alex selbst dann nicht wollte, als ich weg war. Aber jetzt bitte zurück zum Thema!"

15

Es war mittlerweile 4 Uhr 30 morgens, als Yariv und Angelos am Küchentisch in Ornos saßen. Sie hatten den toten Punkt längst überwunden und waren zu aufgedreht, um ins Bett zu gehen.

„Sauer wegen vorhin?", fragte Yariv.

„Meinst du den Zeigefinger?"

„Nein, du Dussel. Meinen Sisa-Vortrag. Ich wollte mich nicht wichtig machen!"

„Hör mal zu. Ich hatte nie das Gefühl, dass ich von Kollegen etwas lernen kann. Bei dir wusste ich es spätestens seit dem ‚Darknet-Fall'. Also wirst du mich bitte nie mehr fragen, ob ein Beitrag von dir mich sauer macht. Ich wollte, du hättest deine Eindrücke von Khaled eher hinausposaunt, aber ich verstehe, dass du gewartet hast, bis …"

„ … ich mir sicher war, dass du mich liebst und ich mich trauen konnte", sagte Yariv.

„Trau dich in Zukunft immer und sofort. Das ist mir wichtig, schließlich muss ich mit dir noch vierzig Jahre aushalten", meinte Angelos.

„Gut, dass du das weißt. Mich wirst du nicht mehr los!"

„Als ob ich das wollte, Kleiner!"

„Aber ich muss dich manchmal aus deiner Komfortzone locken. Zu viel Harmonie schadet und du brauchst mitunter einen Klaps!"

„Ich hab irgendwie das Gefühl, ich stehe unter dem Pantoffel. Täuscht das?", sagte Angelos grinsend.

„Vollkommen freiwillig. Ich hätte auch noch eine Frage, auch wenn es Viertel vor fünf ist. Du hast Abu vor drei Stunden angerufen. Ich befürchte, er wird sich Dimitri greifen und nicht pfleglich behandeln. Versteh mich richtig: ich mag Abu sehr, aber du lässt Abu die Arbeit machen, die du machen solltest – ohne Zange oder Nagelpistole. So ist es bequemer für dich, nicht wahr?"

„Du willst mich wohl komplett umprogrammieren? Wenn das alles so verkehrt ist, warum bist du dann hier?", fragte Angelos eher überrascht als verletzt.

„Du fickst gut", antwortete Yariv trocken, um gleich in schallendes Gelächter auszubrechen.

„Dein Gesicht gerade war echt süß. Ich liebe dich über alles, aber bequem bin ich nicht!"

Und genau das gefällt mir an dir, dachte Angelos.

„Und zu Abu: ich mische mich nicht ein, wenn er etwas mit seinen Verkäufern zu regeln hat!"

„Regeln ist gut gesagt. Er hängt denjenigen an der Decke auf und …"

„Herrgott, ich weiß, was er dann macht. Aber das System funktioniert nur so und alle sind zufrieden!"

„Außer dem, der an der Decke hängt. Bitte, du bist der Kommissar und entscheidest. Aber du betreibst ‚Outsourcing' deiner Aufgaben! Es ist schlicht bequem!"

„Du möchtest früh um fünf Grundsätze diskutieren?", fragte Angelos.

„Klar. Und um sechs will ich noch einen verpasst bekommen. Oder schwächelt der ältere Herr?"

„Du wirst den älteren Herrn anwinseln, Frechdachs", sagte Angelos. „Und zu deiner Kritik: in Zukunft nehmen wir Abu nur noch für technische Hilfe in Anspruch. Zufrieden?"

„Du musst es einsehen, Großer. Nicht weil ich es so haben möchte", sagte Yariv.

„Gott, bist du hartnäckig. Manchmal muss man Regeln brechen oder Dinge verschweigen. Denk an den ganzen Corona-Mist. Ich hätte im August die gesamte Insel schließen müssen!"

„Wieso? Ich dachte, es gab nur ein paar Fälle im September im ‚Scorpio´s' und ‚Nammos", sagte Yariv.

Angelos lachte laut.

„Von wegen. Wir hatten im August 84 Fälle. Das Quarantäne-Hotel in Kalo Livadi hatte vierzig Zimmer und ist aus allen Nähten geplatzt. Wir mussten den Rest nach Athen schaffen – alles möglichst leise, sonst wäre die Saison schon

58

Mitte August vorbei gewesen. Also mussten Migiakis und ich schlicht lügen!"

„Was bedeutet: Migiakis wollte dicht machen und du hast ihm solange zugesetzt, bis er nachgab", meinte Yariv.

Angelos grinste.

„Kommt ungefähr hin. Du begreifst schnell. Sieht man dir gar nicht an, wenn du den Hundeblick aufsetzt und an der Locke drehst!"

„Tja, Großer: in die Falle gegangen!"

„Ich fühle mich in der Falle sehr wohl. Und in die Falle möchte ich jetzt auch!"

„Meinst du jetzt das Bett oder mich?"

„Letzteres. Ich möchte wenigstens das Gefühl haben, irgendwo am Drücker zu sein!"

Yariv lächelte.

„Diesbezüglich bin ich dir gerne untertan!"

16

Dimitri Markaris kochte. Er war auf dem Heimweg vom „Bonbonniere" zum Parkplatz, nahm aber nichts wahr. Zu sehr beschäftigten ihn der Vorfall in seinem Laden. Und wie üblich, waren die anderen Schuld. Was musste dieser Rotzlöffel das Zeug auch gerade auf seinem Klo ausprobieren? Und dann auch noch sterben? Er hätte auch nach draußen gehen können. Zum „Queens", an deren Hausmauer. Noch wütender war Dimitri auf den Barkeeper. Musste er dem Jungen auch noch genau erklären, wie man den Dreck einnimmt? Jeder Kunde bekam es gesagt: erst im Hotel oder am Strand nehmen. Der Rausch sei so außergewöhnlich, dass man außer Kontrolle gerät, was vollkommen in Ordnung ist, Hauptsache es besteht keine Verbindung zu mir. Die Einsicht, dass er sich niemals auf einen neuen Dealer hätte einlassen sollen – diese Erkenntnis ereilte Dimitri nicht.

Außerdem war die Gewinnspanne enorm und bei ständig wechselnden Gästen waren die Folgeschäden nicht sein Problem.

Mehr als ärgerlich war die Reaktion von Nikakis´ neuem Lockenköpfchen. Die Autopsie würde es an den Tag bringen. Plötzlich bekam Dimitri Gänsehaut. Angelos ist mit Abu Bakar befreundet. Ob er aber die Information weitergibt? Vielleicht scheut Nikakis den folgenden Gewaltausbruch und belässt es bei einer strengen Ermahnung. Beweisen kann er mir ohnehin nichts. Ich werde sagen, dass ich gerüchteweise davon erfahren habe, dass das „Queens" Sisa verkauft. Dimitri lächelte. Damit wäre ich den Ärger los und der direkte und sehr lästige Konkurrent von gegenüber würde hineingezogen. Sehr gut.

Dimitri lief am alten Hafengebäude vorbei zu seinem Wagen, als ein schwarzer Van neben ihm hielt. Viel bekam er nicht mit.
Männer mit Kapuze, ein Schlag in die Nieren und dann die Nadel, die in seinem Arm steckte.
Sein letzter klarer Gedanke war: Abu weiß es schon. Und so war es.

17

Als Dimitri zu Bewusstsein kam, fühlte er eine seltsame Schwere. Er konnte sich auch nicht bewegen und fühlte sich wie ein baumelnder Sack. Er öffnete die Augen und versuchte im Nebel der ihm verabreichten Substanz seine Lage einzuschätzen. Seine Arme und Schultern schmerzten und die Beine konnte er zwar bewegen, aber nur beide gleichzeitig. Man hat mich an den Armen aufgehängt – und damit den Teil ‚Befragung am Tisch' übersprungen.
Langsam dämmerte ihm, dass er einen schweren Fehler begangen hatte. Plötzlich wurde ihm leicht schwindlig. Ich bin auf einem Schiff. Abus Schiff.
„Ich entschuldige mich für den mangelnden Komfort in der Kabine", sagte eine Stimme.

„Ich habe mehr Wert auf Nützlichkeit und Schallschutz gelegt!"

Die berühmte Folterkammer auf See, von der Dimitri gerüchteweise gehört hatte. Geglaubt hatte er die Geschichten nicht.

Hinter dem Tisch blinkte etwas.

„Ja. Du wirst Filmstar. Vielleicht stelle ich unsere Unterhaltung bei ‚You tube' ein. Was meinst du?"

„Bitte nicht. Ich sage dir alles", wimmerte Dimitri. Abu lachte laut.

„Das wirst du sicher tun. Aber es wird dir trotzdem nicht helfen. Man hintergeht Geschäftspartner nicht. Das müssen alle wissen. Vor allem auch deine neuen Freunde! Und dein Sohn ist alt genug, um das ‚Bonbonniere' zu übernehmen!"

Dimitri machte sich keine Illusionen mehr. Er würde dieses Schiff nicht unbeschadet verlassen.

„Also, Dimitri, möchtest du mir jetzt Bericht erstatten? Kein Gestammel, das kann ich nicht leiden!"

Hinter Dimitri raschelte es. Dann legte Abu einen Bohrer auf den Tisch.

„Bitte nicht. Ich habe einen Fehler gemacht!"

„Ich mag keine Wiederholungen, Erzähl mir etwas Neues!"

„Es war vor zwei Wochen. Ein gut gekleideter Mann fragte an der Bar nach mir und kam dann ohne Umschweife zur Sache. Er biete eine viel interessantere Ware als Kokain an!"

„Interessanter, weil gewinnträchtiger. Für dich", sagte Abu.

„Ich bin Geschäftsmann. Einkauf. Verkauf. Spanne. So denke ich, so denkst du!"

„Nein. Perfekte Ware. Sicheres Umfeld. Loyalität. Ihr alle habt von meinem System profitiert. Wann hattest du das letzte Drogenwrack auf deiner Toilette? Das war vor meiner Zeit. Du musstest dich um nichts kümmern, brauchtest keine Angst haben und hast abkassiert. Tja. Aber der Mensch will immer mehr!"

„Ja. Nein. Es war anders. Der Typ hat mir ziemlich deutlich gedroht. Er meinte, du und dein Freund Nikakis wärt bald Geschichte. Und ich würde mit untergehen, wenn ich sein ‚Sortiment' nicht aufnehmen würde!"

„Moment. Er sagte, ‚wir' wären bald Geschichte? Und davon hast du dich beeindrucken lassen? Was war das für ein Typ? Beschreibung!"

„Hätte ich nach dem Pass fragen sollen? Südländer. Türke, Syrer, Ägypter – was weiß ich! Das siehst du doch heutzutage nicht mehr. Und er sprach akzentfreies Englisch, sofern ich das beurteilen kann. Jedenfalls war es kein Russe oder sowas. Soll ich dir sagen, wovon ich mich habe beeindrucken lassen? Von den Fotos meiner Tochter!"

Abu sagte nichts.

Wenn die Neuen die privaten Schwachpunkte aller Verkäufer recherchiert haben, war das Ganze ein gut durchdachter Großangriff.

„Hast du Kameraaufnahmen von dem Mann?"

Dimitri schüttelte mit dem Kopf.

„Nein. Er wusste genau, wo wir im toten Winkel stehen. Und am Eingang kann man auch nichts erkennen. Ein Profi. Hut, Kopf nach unten, schnell durch!"

Dann brummte Abus Handy.

Dimitri schnaufte durch.

„Angelos?"

„Nein, Yariv. Hör zu, Abu. Ich hoffe, der arme Kerl lebt noch!"

„Armer Kerl? Mitleid ist da fehl am Platze. Ihr hängt da auch mit drin!"

„Abu, ich bin dir sehr dankbar für du-weißt-schon-was … Aber Angelos und ich bitten dich, es bei einer Befragung zu belassen. Das alles hat seine Grenzen", sagte Yariv.

„Aha. Ist das deine Meinung oder Angelos´ Meinung?"

„Gibt´s da einen Unterschied?"

Abu fing laut zu lachen an.

„Heiliger Gott, du machst aus dem Tiger einen Kater, Kleiner!"

„Der Kater schnurrt, also kann es nicht so schlimm sein. Lass Dimitri laufen. Mit allen Körperteilen. Neue Regeln!"

Mut hat er, dachte Abu. Der Letzte, der so mit mir gesprochen hatte, war längst Korallendekoration.

„Die Gegenseite hat auch keine Compliance-Abteilung!"

„Stimmt, Abu. Aber das gleichen wir mit Intelligenz und Technik aus. Wir sind auf deiner Seite, damit da keine Missverständnisse aufkommen!"

„Der schnurrende Kater weiß von deinem Anruf?"

„Sagen wir es so: er wird ihn nachträglich gutheißen", sagte Yariv und lachte.

„Solltest du nicht malen? Schließlich hat Angelos dir eine Galerie besorgt!"

„Momentan arbeite ich eher als Restaurator. Ich erneuere das Kunstwerk Angelos Nikakis, bessere die Wunden aus und lege einen neuen Firnis an, damit es wieder erstrahlt", sagte Yariv.

Abu lachte.

„Und was macht unser Kunstwerk gerade?"

„Das Kunstwerk hat eine Erektion!"

18

Am nächsten Morgen – sprich 11 Uhr – prasselte der Regen auf das Hausdach. Die drückende Schwüle über der Ägäis entlud sich in einer Sintflut.

Angelos räkelte sich im Bett und lächelte breit.

„Was ist denn an einem Gewitter so schön?", fragte Yariv.

„Oh du Unwissender. Es freut sich der Bürgermeister. Regen bedeutet: mindestens 14 Tage keine Anrufer, die sich über stinkendes Wasser aus dem Hahn oder an der Promenade beschweren!"

Yariv lachte.

„Was sollst du machen? Einen Eimer Eau de Toilette in das Hafenbecken schütten?"

„Ich nehme dich mal einen Tag mit, dann weißt du, was Irrsinn ist", sagte Angelos.

„Muss ich dann als Assistent dem Herrn Bürgermeister täglich einen blasen oder wie macht das Gabriel?"

Yariv kam gerade noch rechtzeitig aus dem Bett, bevor ihn Angelos zu fassen bekam.

„Hiergeblieben, du freches Scheusal!"

Yariv streckte die Zunge heraus und sagte: „Möchte Seine Heiligkeit, der Bürgermeister, seinen Espresso im Bett zu sich nehmen?"

Angelos knurrte.

„Seine Heiligkeit nagelt dich gleich auf dem Küchentisch!"

„Fein. Da fängt der Tag gleich beschwingt an!"

Angelos´ Laune verflüchtigte sich sofort, als er im Rathaus Gabriels Gesicht sah.

„Mahlzeit, du Reiter der Apokalypse", knurrte Angelos.

„Ein Reiter im Rollstuhl?", fragte Gabriel ginsend.

„Metaphorisch gemeint. Was ist?"

„Dein Libanese hat trotz des Bauverbots mit dem Bau begonnen und offensichtlich mit allem, was auf den Kykladen Raupen hat. Die Nachbarn haben angerufen!"

„Gut, dann schauen wir uns das mal an. Wir nehmen dein Auto und wehe, du fährst nicht vernünftig", sagte Angelos.

„Bekomme ich dann eine Strafe?"

„Ja, aber nicht die, die du dir erhoffst. Ich stelle dich mit platten Reifen auf die Promenade, mit einem Schild um den Hals: Sirtaki mit Rollstuhl 5 Euro! Und jetzt los. Du bist ohnehin schneller!"

Und tatsächlich: trotz des schrecklichen Pflasters kam Gabriel gut voran.

Er ist wieder voll zurück im Leben, dachte Angelos und war ein bisschen stolz auf sich.

Der Smart mit der Rollstuhllaufhängung außen war nicht billig gewesen, sorgte aber dafür, dass Gabriel selbständig leben konnte.

Und entgegen seiner Gewohnheit fuhr er zurückhaltend. Als sie Ano Mera Richtung Foko passierten, sahen sie schon die Staubwolke.

Tatsächlich: an und auf dem Grundstück standen zwei Bagger und zwei LKW. Wie mittlerweile üblich kamen die Bauarbeiter aus Bulgarien.

„Die haben das Schilf plattgewalzt", sagte Angelos und wurde wütend. Das Tal, der kleine Canyon, war weitestgehend unbewohnt und auch die Touristen mieden diesen Teil – obwohl er ein anderes Mykonos zeigt.

„Hast du die Karte mit den Wasserleitungen und Hydranten auf dem Tablet?", fragte Angelos. Gabriel nickte. Er hatte in kürzester Zeit alles digitalisiert, was vorher verstaubtes Papier war.

67

„Meines Wissens haben wir eine Leitung aus dem Merathi-See, die über den Kamm führt und dann hinunter nach Kalafati führt!"

„Stimmt. Über das kleine Brückchen weiter hinten und dann auf halber Höhe ist ein Hydrant", sagte Gabriel.

Angelos griff zum Telefon und rief Nikos an. Die Feuerwehr.

„Nikos. Ich brauche nur dich und zwei lange Schläuche. Ano Mera, an der kleinen Brücke Richtung Foko!"

„Möchtest du einen neuen See fluten?", fragte Nikos und lachte.

„Ja. Und es wird der ‚Libanon-See'. Bis gleich!"

Angelos schnappte sich das Fernglas, gab es anschließend weiter an Gabriel.

„Täuscht das, oder stehen da zwei Gorillas mit Knarre?", fragte Angelos.

„Entweder das oder sie haben ihre Keksdose in der Hose stecken!"

„Security beim Fundament ausgraben? Das erscheint mir bei einem normalen Haus etwas übertrieben", sagte Angelos.

„Hast du deine Glock dabei?", fragte Gabriel.

„Im Handschuh … Oh Mist. Falsches Auto!"

„Vielleicht kannst du sie mit dem Zauberstab einschüchtern?", sagte Gabriel und bekam einen Klaps auf den Hinterkopf.

„Behinderte schlagen. Skandal!"

„Freche Behinderte darf man schlagen. Ah, da kommt Nikos!"

Das neue Einsatzfahrzeug kroch den Berg hoch. Nikos war so glücklich über das Schmuckstück, dass er es jeden zweiten Tag mit dem Staubwedel säuberte.

„Ganz schön was los da unten", sagte Nikos zur Begrüßung.

„Ja. Und ich würde das Ganze gerne mittels Sintflut stoppen. Ich dachte an zwei Schläuche vom Hydranten. Kriegst du das hin?"

„Wenn du mit anpackst, schon", sagte Nikos.

Zehn Minuten später waren die Schläuche ausgerollt und die Enden zeigten direkt auf die Baustelle gut achtzig Meter tiefer.

„Wasser marsch?", fragte Nikos.

„Jup", antwortete Angelos und sah grinsend zu, wie das Wasser bergab floss.

Nach drei Minuten hörten sie die ersten Schreie.

„Mach doch bitte das Blaulicht an", sagte Angelos. Schließlich haben wir hier einen Noteinsatz!"

Ein Mann, wahrscheinlich der Bauleiter, kam den Berg hinaufgerannt und fuchtelte wütend mit den Armen.

„Sind Sie wahnsinnig? Drehen Sie sofort das Wasser ab. Die Wanne ist schon vollgelaufen!"

„Dann ziehen Sie doch den Stöpsel", sagte Nikos.

„ich gebe Ihnen gleich einen ...", begann der Mann mit dem hochroten Gesicht und wollte auf Nikos losgehen, aber Angelos ging dazwischen.

„Wer sind Sie denn?", blaffte der Mann.

„Hauptkommissar Nikakis. Oder Bürgermeister Nikakis. Sie können sich raussuchen, mit welchem der beiden Sie sprechen", sagte Angelos.

Nikos lachte.

„Drehen Sie das Wasser ab. Sonst stecken meine Fahrzeuge in der Wanne fest!"

„Ja nun. Würden wir ja gerne. Aber weiter unten" – Angelos zeigte in Richtung Kalafati – „haben wie einen Rohrbruch, also müssen wir hier abdrehen und das Wasser ableiten. Und es fließt nun mal nicht bergauf. Im Übrigen haben Sie keine Baugenehmigung, wegen … wie heißt das Vieh nochmal?"

„Kykladische Glattnatter", half Gabriel.

Der Bauleiter schnaubte und stampfte bergab.

„Jetzt kommen die Gorillas", sagte Angelos.

Und so war es. Wie aus dem Lehrbuch für grobe Handlanger gekleidet. Schwarze Hose, platzendes schwarzes Muskelshirt und schwarzes Sakko. Dazu der Quadratschädel und Stiernacken.

„Sofort stoppen Wasser", sagte der Größere der beiden. „Sonst Chef böse!"

„Chef mich lecken kann am Arsch. Du zeigen Passport und Waffenkarte, sonst ich böse", sagte Angelos.

Der Quadratschädel überlegte kurz, ob er die Waffe ziehen sollte, ließ es aber bleiben.

„Ich Chef rufen", sagte er und griff nach dem Handy. „Und du bezahlen!"

„Du verpissen. Yalla", sagte Angelos und ging zu Nikos, der nach unten gegangen war, um die Wirkung des Manövers zu begutachten.

„Drei stecken fest!"

Man hörte auch das Jaulen der Motoren.

„Gut, dann rollen wir die Schläuche ein. Vielen Dank, Nikos!"

„War wie immer ein Vergnügen!"

Als Angelos und Gabriel wieder im Auto saßen, sagte Gabriel:

„Herr Wazny wird nicht erfreut sein!"

„Sinn und Zweck der Übung", antwortete Angelos, „schließlich sind wir hier nicht in Griechenland!"

Gabriel lachte.

„Wo dann? Im Königreich Mykonos?"

„Wenn dann in der Republik Mykonos. Hier darf jeder mitreden!"

„Solange er der Meinung des Bürgermeisters ist", sagte Gabriel grinsend.

„Die selbstredend immer richtig ist. Außerdem braucht der Bürgermeister einen Ausgleich. Er hat nämlich zuhause nichts zu melden", antwortete Angelos.

„Ich bin übrigens sehr dankbar, dass es dich gibt. Du rennst den ganzen Tag für mich herum und ich glaube, ich würdige das zu wenig, sorry!"

„Ich wüsste eine passende Würdigung", sagte Gabriel und lachte. „Aber im Ernst: ohne dich gäbe es mich nicht mehr. Oder besser: ohne den Zauberstab!"

„Noch einmal das Wort ‚Zauberstab' und du zählst Steine auf Delos!"

19

Dimitri konnte sein Glück kaum fassen. Er hatte tatsächlich Abus Yacht unbeschadet verlassen.

Wahrscheinlich war er der erste Geschäftspartner, bei dem Abu Bakar sich gnädig zeigte.

Er saß in einem Zodiac, zusammen mit zwei Männern, und das Boot hielt auf den Hafen von Mykonos zu. Dimitri traute dem Braten noch nicht so ganz. Und tatsächlich stoppte das Zodiac.

Kopfschuss und dann ins Meer, dachte Dimitri. Aber so nah am Ufer?

„So, weiter fahren wir nicht. Befehl vom Chef. Ich hoffe, Sie können schwimmen?"

Dimitri nickte und sprang über Bord. Während der ersten Züge rechnete er noch immer mit dem finalen Schuss, aber er kam wider Erwarten heil im Hafen an. Vielleicht sollte ich doch ab und zu trainieren gehen. Er musste am Geländer pausieren, denn die Lunge pfiff.

Dann kletterte er hoch. So, Giorgios anrufen und dann … Er zog das Handy aus der Tasche, aber es hatte sich schon längst in die ewigen Jagdgründe verabschiedet.

Dimitri fluchte. Ich muss also in klatschnassen Kleidern vor zum Hafengebäude. Eine passende Erklärung hatte er nicht parat.

Er lief zu dem Flachbau am östlichen Ende des Hafens, als er bemerkte, dass die Fähre aus Santorini eingelaufen war und die Passagiere von Bord gingen.

Dimitri versteckte sich hinter einem Pfeiler beim Kiosk. Fünf Minuten warten, dann sind sie weg. Er lugte um die Ecke und traute seinen Augen nicht. Der Mann mit dem Alukoffer war niemand anderes als derjenige, der ihn im ‚Bonbonniere' bedroht hatte. Er schaute noch einmal vorsichtig um die Ecke. Kein Zweifel.

Was tue ich jetzt? Abu Bakar anrufen, sobald ich im Büro bin? Nein. Ich will nicht noch einmal zur Befragung aufs Schiff.

Ich rufe Nikakis an. Damit habe ich meine Schuldigkeit getan.

ER würde Abu informieren.

20

Zeitgleich saß Abu Bakar auf seiner Yacht und grübelte. Zum ersten Male hat er Gnade walten lassen. Das Schlimme: er fühlte sich gut dabei.

Ich verweichliche zunehmend, dachte er. Angelos und Yariv machen noch einen anständigen Menschen aus mir, dachte Abu und lächelte bei dem Gedanken.

Dennoch: bei meinen direkten Gegnern darf ich keine Skrupel haben. Sie oder ich. Darüber machte sich Abu keine Illusionen. In dieser Branche überlebt nur eine Seite einen offenen Krieg. Ärgerlich, dass Dimitri offensichtlich wirklich nichts Genaueres wusste. Die Kamerabilder würden auch nicht viel hergeben.

Gut. Wachsam bleiben. Die Kommunikation und den Verkehr in der Ägäis überwachen.

Also: warten, was nicht Abus Naturell entsprach. Zum ersten Male in seiner „Karriere" war er in der Defensive. Aber mit Hilfe von Angelos und Yariv – neben geballter Feuerkraft und zur Not ein bisschen Folter – würde es schon klappen.

Wer den Sturm eines Flammenwerfers im Gesicht gespürt hat, der schafft alles.

Abu stand auf und wollte unter Deck gehen, als sein Blick auf eine andere Yacht fiel, die etwa eine Seemeile entfernt lag. Er griff nach dem Fernstecher. Etwas kleiner, mit Aufbauten – und

drei nackten Frauen, die tanzten. Am Heck die russische Fahne. Alles klar, dachte Abu. Ein neureicher Oligarch. Der mit ein paar Prostituierten auf Ägäis-Tour war.
Abu ging die Treppe nach unten.
Er wollte den Befragungsraum aufräumen, seine Mitarbeiter durften diesen nur auf Anweisung betreten. Oder sie waren selbst Gegenstand einer Befragung, was im Anschluss immer einen dramatischen Anstieg der Folgsamkeit nach sich zog. Mitarbeitermotivation à la Abu Bakar.
Er betrat den schalldichten Raum und räumte die Instrumente – Hammer und Zahnzange – in den Schrank. Erst jetzt bemerkte er den Geruch. Der Stuhl, an den Dimitri gefesselt war, war nass. Er hatte sich also eingepisst, dachte Abu und grinste. Manchmal braucht es keine Tat, es reicht die Angst davor.
Das mache ich dann doch nicht selbst, beschloss Abu angesichts des strengen Geruchs und wollte einen seiner Handlanger rufen.
Er öffnete die Türe und die Hölle brach los.

Wenige Minuten zuvor hatte das vermeintliche Russen-Boot den Kurs gewechselt und steuerte auf Abus Yacht zu. Rafi, der steuerte, griff zum Fernglas, sah aber – wie Abu – die nackten Frauen und war halbwegs beruhigt. Am Ruder war bestimmt ein neureicher Russe, der vor seinen Mädels angeben wollte, obwohl er zuvor noch nie den Joystick einer Yacht in den Fingern gehalten hatte. Was für ein Idiot, dachte Rafi, denn es schien, als würde das andere Boot ihren Kurs kreuzen. Er drückte den Horn-Button, machte sich aber keine großen Hoffnungen. Wahrscheinlich hat der Depp auch noch Ear-Phones auf. Rafi blickte erneut nach Steuerbord und war erleichtert, denn das Boot drehte bei, wenn auch gefährlich nahe. Wieder griff er zum Fernglas und erstarrte: die Mädchen waren verschwunden, die Aufbauten weg. Stattdessen sah er zwei Männer, die hinter Maschinenge-wehren standen. Rafi wusste zwar, dass es zu spät war, drückte aber noch den Alarmknopf. Noch vor dem ersten Heulton zersplitterte die Scheibe und Rafis Kopf zerbarst.

Das fremde Boot stoppte und der Geschossha-gel verwandelte Abus Yacht in ein schwimendes Wrack. Der Letzte, der noch lebte, war Raschid. Er wusste, dass Abu im Verhörraum war und wollte ihn warnen, doch ein herabstürzendes Teil des Sonars erschlug ihn.

Von alldem hatte Abu in dem schalldichten Raum nichts mitbekommen. Erst als er die Türe öffnete, konnte er den infernalischen Lärm hören und wollte instinktiv wieder zurück. Doch da hatte ihn ein Querschläger schon getroffen.

21

Als Angelos nach Hause kam, stand Yariv auf der Terrasse an der Staffelei.
„Endlich arbeitest du fauler Sack", sagte Angelos grinsend und umarmte Yariv von hinten.
„Wie soll ein Künstler kreativ sein, wenn man ihm eine Erektion an den Hintern presst?"
„Vielleicht bekommt der Künstler ja einen Extra-Schub Kreativität?"
„Hier hat nur einer einen Schub, und zwar du! Einen Hormonschub", sagte Yariv und lachte.
„Wäre dir ein mürrischer Ehemann, der sich vor die Glotze setzt, lieber? Und einmal Sex am Wochenende?", fragte Angelos.
„Da mache ich mir keine Sorgen. Du wirst auch noch in zehn Jahren rollig beim Anblick meiner Pobäckchen", sagte Yariv und kuschelte sich an Angelos.
„Aber wenn das so weitergeht, eröffnen wir die Galerie und es hängt gerade mal ein Bild an der Wand!"
„Gut. Dann gibt es erst wieder Sex, wenn du ein Bild fertig hast", meinte Angelos.
Yariv lachte und streichelte ganz leicht über Angelos´ Schritt.
„Putziger Vorschlag. Leider hat ER offensichtlich darauf keine Lust!"
Angelos zerrte Yariv ins Wohnzimmer, aber beim Versuch, die Jeans auszuziehen, stolperte Angelos und knallte auf den Läufer.

Yariv bekam einen Lachkrampf, während Angelos seinen Kopf auf den Boden schlug.

„Ich begreife nicht, was mit mir los ist. Ich bin kein geiler Bock, war ich nie!"

Ich habe Angst dich zu verlieren und damit kann ich nicht umgehen, dachte Angelos.

Yariv legte sich neben Angelos und streichelte ihm über den Kopf.

„Großer, ich werde dich nie verlassen. Ich bin Nikakis, der Letzte. Schon vergessen? Der Kopf begreift es langsam, nur ER da unten hat noch seine Zweifel. Soll ich vielleicht mit ihm reden?", fragte Yariv und grinste.

Während Yariv anfing, mit IHM zu sprechen, brummte Angelos´ Handy.

„HERRGOTT", fluchte Angelos, ging aber ran.

„Herr Nikakis? Hier ist Wasir, ich bin einer von Abus Männern. Wir waren unterwegs und als wir mit dem Zodiac zurückkamen … Die Yacht ist nur noch ein Wrack, alles zerschossen, alle tot. Und der Chef ist verschwunden!"

Angelos brauchte etwas, um zu begreifen, was passiert war.

„ Ich verstehe es nicht. Die Yacht ist ein Schlachtschiff im Kleinformat!"

„Wenn ich es verstehen würde, wäre ich nicht am Telefon. Sie sind mit dem Chef befreundet und ich weiß nicht, wer hier sonst helfen könnte. Wir sind nur zu zweit, alle anderen … und der Chef …!"

Der Junge hat Angst, dachte Angelos. Beruhige ihn.

„Wie war dein Name? Wasir? Gut. Wasir. Hast du die Yacht schon mal gesteuert? Nein? Hör zu. Da ist oberhalb des Joysticks ein grüner Knopf. Damit startet man die Motoren!"

Es dauerte einige Sekunden, in denen man Wasir in einer fremden Sprache fluchen hörte.

„Alles kaputt!"

„Wasir, keine Panik. Ich brauche eure Position. Sonst können wir euch nicht helfen. Wo wart ihr mit dem Zodiac?"

„Kurz vor dem Hafen Mykonos und dann sind wir zurückgefahren!"

„Wie lange habt ihr gebraucht vom Hafen zum Boot?"

„Zwanzig Minuten", sagte Wasir.

Das Zodiac fährt maximal zwanzig Knoten. Zwanzig Minuten macht etwa sieben Seemeilen. Nördlich und westlich wären sie zu nah an Tinos, Syros … Abu hielt sich gerne in der Nähe der Schifffahrtsroute nach Izmir auf. Also wahrscheinlich eher südöstlich. Warum hat er auch nie den Transponder an? Wer ihn angreifen will, schafft es auch so – wie man sieht.

„Gut, Wasir. Wir müssen ein Boot organisieren. 15 Minuten. Du suchst nach einer Signalpistole. Die müsste in der knallroten Kiste rechts sein!"

Angelos kannte die Notfallbox von Khaleds Yacht.

„Du schießt sie in 30 Minuten ab. Zehn Minuten später nochmal. Verstanden?"

„Ja, Chef", sagte Wasir – offensichtlich war er es so gewohnt.

22

Yachtbesitzer nutzen ihr Spielzeug eher selten, zumindest steht der Kaufpreis in keinem Verhältnis zur tatsächlichen Nutzung. Man hat eine zu haben, wenn man in der obersten Liga spielt. Die geschätzt restlichen 330 Tage dümpeln die sündhaft teuren Boote in einer Marina herum, zu astronomischen Liegegebühren – so auch im Neuen Hafen von Mykonos. Zum Service gehört auch eine Bewegungsfahrt, bevor die jeweiligen Eigner mit ihrer Entourage zur jährlichen Ägäis-Sause eintreffen. Die Bewegungsfahrt sollte zwar eigentlich der Hafenmeister durchführen, aber mitunter wurde dies von Kommissar Nikakis übernommen und zwar dann, wenn dringend ein schnelles Boot gebraucht wurde – die Polizei hatte kein eigenes und die Küstenwache hatte ihren nächsten Standort in Syros, was nun überhaupt keinen Sinn macht, denn die gefährlichen Gewässer liegen südlich und östlich von Mykonos.

„Giorgios! Ich brauche ein Boot, und zwar schnell", rief Angelos ins Handy.

„Es steht wie immer eins bereit am vordersten Platz. Ich gehe gleich rüber und lasse den Motor an", sagte Giorgios.

23

Zwölf Minuten später brauste die Yacht eines russischen Oligarchen zu einer „Bewegungsfahrt" aus dem Hafen in Tourlos.
Mit knapp 30 Knoten rasten Angelos und Yariv an Kopari vorbei und steuerten an der Südküste von Mykonos vorbei in Richtung der internationalen Gewässer.
„Hoffentlich hat Wasir die Signalpistole gefunden", brüllte Angelos.
„Nimm Gas weg", sagte Yariv. „Es macht keinen Sinn ins Nichts zu fahren. Das Signal müsste in vier Minuten zu sehen sein!"
Er hat recht, dachte Angelos – wie immer.
„Wenn wir überhaupt etwas sehen bei dem gleißenden Licht! Du nimmst das Fernglas und schaust nach Nordost, ich nach Südost!"
Sie hätten Abus Yacht orten können – mit deren Technik an Bord, aber offensichtlich war sie so schwer beschädigt, dass nichts mehr funktionierte. Wazirs Handy hätte man orten können, aber der Zeitaufwand wäre zu groß gewesen.
Plötzlich sah Yariv einen schwachen Streifen am Horizont.
„Nord-Nord-Ost", rief er.
Die zweite Rakete zeigte ihnen den genauen Kurs und so erreichten Angelos und Yariv nach einer Viertelstunde das schwimmende Wrack.
„Grundgütiger", stöhnte Angelos.

Von der größten und vielleicht schönsten Yacht der Ägäis war nicht mehr viel übriggeblieben. Durch das Fernglas konnte Angelos sehen, dass die Aufbauten zerschossen waren und das Sonar an Steuerbord nur noch an ein paar Kabeln hing.

Dann sah Angelos einen Mann, der winkte.

Er bremste ab und fuhr einen Bogen, um von Süden längsseits zu gehen.

„Vertäuen", rief Angelos Wazir zu, aber zuckte nur mit den Schultern.

„SEIL!"

Erst jetzt begriff Wazir.

Angelos und Yariv sprangen an Bord.

Sie sahen zwei Leichen, die in einer Blutlache lagen.

„Oben ist noch einer, unten zwei", sagte Wazir.

Der zweite Mann saß an der Reling und starrte ins Nichts.

Unter Deck sah es nicht besser aus. Neben den Leichen haufenweise Holztrümmer und Glas.

„Sieht aus wie nach einem Angriff durch einen Zerstörer", bemerkte Yariv.

„Und keine Spur von Abu?", fragte Angelos Wazir.

Der schüttelte den Kopf.

„Wenigstens ist er nicht unter den Leichen", sagte Yariv. „Ihr habt alles durchsucht?"

Wazir nickte.

„Auch den, äh, Befragungsraum?", fragte Angelos und deutete auf die entsprechende Türe.

„Nein. Wir dürfen den Raum unter keinen Umständen betreten", sagte Wazir.

„Das hier ist kein Umstand, sondern ein Angriff", antwortete Angelos und versuchte, die Türe zu öffnen – vergeblich.

Er zog seine Glock.

„Nein, Angelos. Wenn die Wände verstärkt sind, gibt es Querschläger", meinte Yariv.

„Du hast recht. Wazir, wir brauchen eine Axt oder eine Harpune, Brecheisen, egal!"

„Kann er überhaupt drin sein?", fragte Yariv.

„Manchmal zieht er sich zum Denken in den Raum zurück", sagte der zweite Mann leise.

Wazir kam mit einer langen Stange zurück, die an einem Ende flach war. Eine Halterungsstange des Sonars.

„Perfekt", rief Angelos und schob das flache Ende zwischen Tür und Türstock, aber mehr als ein paar Millimeter bewegte sich nichts.

„Wir brauchen einen Keil", sagte Yariv und suchte unter den Trümmern nach einem passenden Holzstück.

„Probieren wir es damit. Du drückst und ich schiebe den Keil dazwischen", sagte Yariv.

Aber das Schloss war zu massiv.

„Wenn, dann ist er verletzt, sonst käme er selbst raus. Heißt: er liegt am Boden. Schieße ich horizontal auf das Schloss, kann ihn die Kugel nicht direkt treffen. Außerdem wird sie so abgebremst, dass es keinen Querschläger geben kann. Oder hast du eine andere Idee?", fragte Angelos in Richtung Yariv.

„Nein!"

Angelos schoss zwei Mal, dann ließ sich die Türe öffnen.

Abu lag am Boden in einer Blutlache. Angelos fühlte die Halsschlagader.

„Puls schwach. ABU! WACH AUF!"

Tatsächlich öffnete Abu die Augen, aber der Blick war trüb.

„Super. Du statt zweiundsiebzig Jungfrauen", flüsterte er.

„Schusswunde am Bein. Er hat sie selbst abgebunden. Aber …"

Doch Yariv vollendete den Satz nicht.

Zehn Minuten, bis sie ihn auf der anderen Yacht hätten. Mindestens 30 Minuten bis Mykonos, weil wir nicht mit vollem Tempo würden fahren können. Zehn Minuten fürs Umladen im Hafen und Transport. Das klappt nicht, dachte Angelos. Naxos ist zu weit.

„Kostas?", fragte Yariv.

Kostas hatte einen Hubschrauber und bot Rundflüge über Mykonos an.

Angelos schüttelte den Kopf.

„Er hat keine Winde mehr. Es bleibt uns keine Wahl. Ich rufe die Küstenwache in Syros an!"

Abus Augen weiteten sich.

„Keine Angst. Ich sorge dafür, dass sie keine Fragen stellen!"

Auch wenn ich noch nicht weiß, wie, dachte Angelos. Der Angriff erfolgte außerhalb meines Zuständigkeitsbereichs. Aber man kann eine

Schlagader nicht lang abbinden und er liegt ja schon …

Angelos rannte nach oben, um nach dem Funkgerät zu schauen. Es war nur noch Schrott.

„Yariv! Fahr mit der Yacht zur Ostküste. Dort steht ein Mast auf dem Berg. Ein paar Seemeilen zurück müsste reichen. Deine Position …"

„… sehe ich auf dem Handy, ich weiß", sagte Yariv und war innerhalb weniger Sekunden auf der anderen Yacht.

Angelos löste die Taue und Yariv brauste davon.

24

Xanthi

Loukas saß in der Küche des heruntergekommenen Hauses in einem Industriegebiet von Xanthi. Ihm war nicht ganz wohl. Der Chef hatte ihn hierher beordert, aber die Männer vor Ort gefielen ihm nicht. Sie waren schlicht dumm und er hatte sie im Verdacht, selbst vom Produkt zu kosten – was Loukas niemals eingefallen wäre.

Einer der Idioten, deren Namen er sich nicht merken konnte – oder eher wollte -, betrat den Raum.

„Was kommt nochmal zuerst? Das Batteriezeug oder das Ephedrin?", fragte er.

Loukas blickte aus dem Fenster und sah: nichts. Ein schrecklicher Verdacht beschlich ihn.

„Wo zum Teufel habt ihr das Zeug angesetzt?", fragte er.

„Na, wo wohl? Im Schuppen hinten am Zaun", sagte der Mann mit seinem schrecklichen Akzent.

„Seid ihr wahnsinnig? Niemals in einem geschlossenen Raum", brüllte Loukas.

Der Mann zuckte mit den Achseln.

„Draußen ist es kalt", brummte er.

Glasiger Blick. Das Arschloch hat sich einen Schuss gesetzt, dachte Loukas.

Flink packte er Laptop und Handy und beeilte sich, aus dem Haus hinauszukommen.

Er war kaum aus der Türe, als er erst einen lauten Knall hörte. Dann packte ihn eine Druckwelle und schleuderte ihn auf die andere Straßenseite. Dass er überlebte, hatte er allein der Türe zu verdanken, die die tödliche Kraft der Druckwelle abmilderte.

Benommen räumte er die Holztrümmer beiseite und stellte fest, dass sich einige der Holzsplitter in seinen Körper gebohrt hatten.

Mit keiner Sekunde dachte Loukas daran, nach den anderen Männern zu schauen. Selbst schuld, dachte er und griff nach seinem Handy.

„Chef, diese Idioten haben alles in die Luft gejagt", sagte Loukas unter Schmerzen.
Wazny, der Libanese, fluchte.
„Irgendwelche Spuren?"
„Nein. Beide Schuppen sind platt", antwortete Loukas.
„Zurück zur Basis", antwortete der Libanese und wischte über den roten Button.
Mist. Andererseits: wir haben genügend Küchen und die Rohstoffe waren kein großer Verlust.
Ephedrin, Batteriesäure und etwas Motoröl.
Ich muss es allen noch einmal einschärfen:
das Lithium kommt zuerst. Und nie, wirklich nie im geschlossenen Raum zubereiten.
Streuverlust.
Viel mehr Sorgen bereitete ihm die Reaktion des großen Meisters. Er war nicht für überlegte Reaktionen bekannt. Er war Choleriker, getrieben von einer unerklärlichen Wut.
Der Libanese holte tief Luft und tippte auf einen Eintrag in seinem Telefonbuch.
Dort stand: Falke.

25

Der Hubschrauber der Küstenwache schwebte über den Resten von Abus Yacht.
Der Aufenthalt unter einem Hubschrauber ist schon an Land durch Wirbel und Staub nur schwer erträglich. Über dem Meer kommt ein salziger Sprühregen hinzu, der einem jegliche Sicht raubt. Angelos und Yariv hatten schon vorher den bewusstlosen Abu Bakar auf eine Holztür gelegt, die aus den Angeln geflogen war, und ihn nach oben getragen.
Einer der Rettungsschwimmer seilte sich vom Sikorsky ab, gefolgt von der Bahre. Er trug einen Helm, sonst wäre es nicht möglich gewesen, Abu umzubetten. Yariv half ihm beim Anlegen der Gurte und flüchtete gleich wieder nach unten.
Als Abu hochgezogen worden war, herrschte Erleichterung unter Deck.
„Wazir, wir nehmen euch mit zum Hafen. Dann könnt ihr, wohin ihr wollt. Es wird noch hässlicher werden …" sagte Angelos.
Wazir zuckte mit den Schultern.
„Wohin sollten wir denn? Abu ist unsere Familie. Er wird jeden Mann brauchen. Wir bleiben hier!"
Angelos lächelte.
„Gute Entscheidung. Hör zu: Abu muss in der Klinik bewacht werden. Das schaffen Yariv und

ich nicht, denn wir müssen die Täter ermitteln und ..."

„Verstanden. Sie fahren uns zur Klinik und dort bleiben wir, bis Abu entlassen wird. Wenn Sie uns für andere Dinge brauchen, sagen Sie es einfach", sagte Wazir.

Angelos nickte nur.

„Und was machen wir mit dem Wrack hier?", fragte Yariv. „Wir müssen es in den Hafen schleppen! Wir brauchen ein Seil!"

Angelos grinste.

„Endlich mal etwas, wo ich besser Bescheid weiß. Das Seil muss immer vier Mal so lang sein, wie das abzuschleppende Schiff – und achtzig Meter Seil haben wir nicht. Nein, wir müssen längsseits abschleppen!"

„Aber dann knallen die Boote gegeneinander", sagte Yariv.

„Nicht mit Fendern dazwischen", antwortete Angelos.

„Fen .. was?"

„Puffer. Fender gehören zur Notausrüstung und sollten in der roten Kiste sein. Wir müssen sie nur aufblasen und dann festbinden", sagte Angelos.

„Ok, Blasen kann ich, oder?", sagte Yariv.

26

Zwei Stunden später standen Angelos und Yariv an Abus Bett. Die Wirkung der Narkose ließ langsam nach. Als Abu die Augen öffnete und Angelos sah, knurrte er.

„Na bravo. Keine Jungfrauen, sondern der Herr Kommissar. Heißt wohl, ich bin noch immer auf dieser Welt!"

„Das mit den Jungfrauen wird so schnell nichts. Das Bein ist noch dran, aber sie mussten einen Bypass legen", sagte Angelos.

„Was den Plastikanteil an meinem Körper nur unwesentlich erhöht", sagte Abu und grinste schon wieder.

„Draußen stehen Wazir und ... keine Ahnung. Jedenfalls bewachen dich die beiden erstmal", sagte Yariv.

„Ich brauche eine Knarre", sagte Abu.

„Dann liegt morgen hier eine tote Krankenpflegerin, weil sie dich gepiekst hat. Kommt nicht in ..."

„Angelos. Für 100%ige Sicherheit können wir nicht garantieren und Abu kann weder laufen noch rennen. Also sollten wir ihm die Beretta da lassen. Vielleicht haben wir Glück und er erschießt André", sagte Yariv grinsend.

„Dein Neuer wird mir immer sympathischer", meinte Abu.

„Weil ihr euch gegen mich verbündet habt. Aber bitte: du bekommst die Beretta aus dem Auto", sagte Angelos widerwillig.

„Und was ist von meiner Yacht übrig?"

Angelos und Yariv sahen sich an.

„Sagen wir es so: hast du schon Mal ‚Titanic' gesehen?", fragte Yariv.

„Sie ist abgesoffen?", fragte Abu entsetzt.

„Nein, aber viel übrig ist nicht", antwortete Angelos.

„Das kann man ersetzen. Aber die Notebooks, die Sticks, die CDs!", sagte Abu mit entsetztem Gesicht.

Angelos grinste und deutete auf einen großen Karton, der auf dem Nachbarbett stand.

Abu atmete hörbar aus.

„Ich brauche eine neue Yacht. Das ist meine Kommandozentrale!"

„Aus diesem Grund haben wir dir das mitgebracht", sagte Yariv und legte die neueste Ausgabe der „World of Yachts" aufs Bett.

„Toller Scherz. Ich brauche ein Handy, um mit dem Schiffsmakler zu sprechen. Dann muss die Technik eingebaut werden und …"

„Schön langsam. Du bleibst hier eine Woche liegen, gefolgt von einer Woche Rollstuhl", sagte Angelos.

„Rollstuhl? Kann der wenigstens fliegen?", fragte Abu.

Die drei lachten.

„Apropos: wo ist dein Hubschrauber?", fragte Angelos.

Abu druckste herum, dann sagte er: „Zypern".
„Ich frage jetzt nicht, was er da soll. Bring ihn her.
Es kann sein, dass wir ihn brauchen. Einschließlich
des Piloten", sagte Angelos.
„Und wer kümmert sich um meine Geschäfte?",
fragte Abu.
Yariv lachte.
„Also wir liefern bestimmt keine Drogen aus.
Dann musst du eben Wazir einarbeiten!"
„Na gut. Danke, Jungs. Ich werde mich
revanchieren", sagte Abu.
„Da bin ich mir ganz sicher", antwortete Angelos
grinsend.

27

Angelos und Yariv Nikakis verließen die
Klinik, nachdem Yariv Abu die Waffe
gebracht hatte.
Erst jetzt sah Angelos auf das Display des
Handys.
„Acht Anrufe? Alle von der gleichen Nummer.
Aber ich kenne sie nicht. Halt. Da ist noch eine
SMS", sagte Angelos.
BITTE SOFORT ANRUFEN. UND SAG DEINEM
MANN, DASS ICH IHM EWIG DANKBAR BIN.
DIMITRI.
„Möchtest du mir den letzten Satz erklären?",
fragte Angelos.

„Wenn du so fragst: nein", antwortete Yariv und grinste.

„Ich warte", sagte Angelos.

„Also gut. Ich habe Abu angerufen und ihn gebeten, Dimitri zu verschonen!"

„Aber das ist noch nicht alles, oder?"

„Gut. Ich habe Abu gesagt, dass zukünftig niemand mehr gefoltert wird. Keine Nägel in die Hoden oder abgehackte Finger. Er hat es akzeptiert", sagte Yariv.

„Lass mich raten: du hast gesagt, WIR möchten das nicht mehr", hakte Angelos nach.

Yariv grinste.

„Könnte sein. Ich erinnere mich nicht mehr!"

„Von wegen. Und wo war ich, als du mit ihm telefoniert hast?"

„Du lagst im Schlafzimmer, zusammen mit einer Erektion und fünf Glückströpfchen!"

„Aha. Und deswegen war ich nicht ansprechbar?", knurrte Angelos.

„Genau das", sagte Yariv.

„Wenn du das nächste Mal das Wort WIR verwendest, fragst du mich erst, unabhängig davon, ob ich eine Erektion habe oder nicht. Die Vereinbarung haben Abu und ich getroffen. Nur wir beide können sie ändern. Wenn du einen Vorschlag hast, besprich ihn mit mir", sagte Angelos.

„Wozu?", fragte Yariv und lachte laut los.

„Entschuldige. Wenn ich nicht sofort gehandelt hätte, dann wäre Dimitri jetzt wahrscheinlich hodenlos. Und ich wollte Sex anstelle einer

Diskussion! Gut, dann holen wir sie jetzt nach. Deine Vereinbarung mit Abu mag sinnvoll sein, aber sie liegt weit jenseits juristischer Grenzen. Von den Foltereien ganz zu schweigen", sagte Yariv.

„Die Vereinbarung hat Menschenleben gerettet. Und nicht wenige", antwortete Angelos.

„Stimmt. Gegen die Vereinbarung habe ich nichts. Und auch nicht gegen Abu. Ich mag ihn. Nur sein ‚Verhörzimmer' mag ich nicht! Und jetzt rufst du bitte Dimitri an", meinte Yariv.

Angelos schüttelte den Kopf.

„Ich bin müde. Das hat bis morgen Zeit!"

„Irgendetwas sagt mir, dass das nicht bis morgen warten kann. Wenn du brav bist und Dimitri anrufst, widme ich mich später auch ausführlich deinem Zauberstab", sagte Yariv schmunzelnd.

„Du glaubst wirklich, dass ich deswegen jetzt zum Telefon greife?"

„Ich bin mir ziemlich sicher!"

Angelos seufzte.

„Du spielst mit mir!"

Yariv legte eine Vollbremsung hin.

„Was zum Teufel …", fluchte Angelos.

„Schau mich an, Angelos. Ich liebe dich über alles. Du hast mich ans andere Ufer gezogen und da stand dann auch gleich der Altar. Das ist eine reife Leistung. Und ich habe es nicht eine Minute bereut. Sei doch ein bisschen stolz auf dich – und gib mir kontra. Ja, ich hätte dich fragen sollen. Fehler. Und jetzt ruf Dimitri an!"

Verdattert griff Angelos zu seinem Handy.

„Gilt das mit dem Zauberstab noch?"
Yariv lachte.
„Das hätte ich auch so gemacht! Du weißt, dass
ich ihn besonders liebe!"
„Aha. Und was ist mit dem Rest?", fragte
Angelos.
„Welcher Rest?" und wieder prustete Yariv los.
„Gott, Großer, bist du putzig. Weißt du, wie ich
dich in dem Telefonat mit Abu genannt habe?"
„Ich war ja nicht dabei", knurrte Angelos.
„Ich habe dich als ‚Kunstwerk' bezeichnet, das
einer Restaurierung bedarf. Liege ich damit
falsch?", fragte Yariv.
Angelos schüttelte mit dem Kopf.
Das trifft es ziemlich gut, dachte Angelos.
Wie alles bei Yariv.
Ich bin ein Glückspilz und habe deswegen
Angst, dich zu verlieren.
„Und ich bleibe bei dir, selbst wenn irgendwann
mal der Zauberstab nur noch auf Halbmast
steht. Aber was rede ich: du wirst selbst mit
achtzig noch ein geiler Bock sein. Und meine
Pobäckchen noch immer knackig!"
Wieder folgte dieses laute Lachen. Selbst die
Mandelaugen lachten mit.
„Und jetzt …"
„ …rufe ich Dimitri an. Zu Befehl!"

28

Durch den Anruf verzögerte sich aber die Behandlung des Kunstwerks.

„Na endlich. Ich versuche schon seit Stunden dich zu erreichen", sagte Dimitri.

„Mir kamen ein paar Leichen dazwischen", antwortete Angelos. „Ich habe gehört, du hast die Yacht unbeschadet verlassen? Glückwunsch!"

„Ja. Der Anruf deines Mannes kam gerade noch rechtzeitig. Richte ihm bitte meinen Dank aus. Deswegen möchte ich euch auch helfen. Als ich im Hafen ankam, lief gerade die Fähre aus Santorini ein. Ich dachte, mich trifft der Schlag. Unter den Passagieren war der Typ, der mich bedroht und mir den Sisa-Dreck aufgezwungen hat. Ich habe versucht, dich zu erreichen, aber du …"

„Du hattest schon fast unverschämtes Glück, denn kurz, nachdem du die Yacht verlassen hast, ist sie angegriffen worden. Bis auf Abu sind alle tot. Zurück zu dem Mann: kannst du ihn jetzt besser beschreiben?", fragte Angelos.

„Das brauche ich nicht. Er ist sicher auf den Kamerabildern vom Pier. Du erkennst ihn an dem Alu-Aktenkoffer. Er war der einzige von den Passagieren mit einem solchen Ding!"

„Uhrzeit?", fragte Angelos, denn die Ankunftszeit der Fähren auf dem Fahrplan waren lediglich Empfehlungen.

„Tut mir leid. Mein Handy ist kaputt. Aber der Hafenmeister kann es dir bestimmt sagen", meinte Dimitri. „Sind wir jetzt quitt?"
„Wenn du das Zeug nicht weiter verkaufst: ja. Auf Bewährung", antwortete Angelos und wischte das Gespräch weg.
Yariv hatte mitgehört.
„Der Typ steckt bestimmt auch hinter dem Angriff auf Abus Yacht. Ganz schön dreist, sich dann hier blicken zu lassen. Was er wohl vorhat?"
„Bestimmt nichts, was uns gefällt. Morgen schauen wir uns die Kamerabilder an. Dann haben wir wenigstens ein Bild von dem Herrn!"
Yariv nickte und gähnte.
„Dann gehen wir jetzt schlafen!"
„Das kannst du ganz schnell vergessen. Vorher wird mein Fleißpunkt eingelöst", sagte Angelos.

29

Die Technik der Polizei auf Mykonos war schon lange im jeweiligen Zuhause von Kommissar Nikakis untergebracht. Die Notebooks mit Gesichtserkennungsprogramm, die Datenleitungen zu Europol und Interpol sowie eine Scrambler-Anlage hatten Angelos und Yariv schon vor Wochen aus Khaleds Villa geholt.

„Ihr habt eine Stunde Zeit", sagte Khaled damals. Sie brauchten nur 20 Minuten, denn beide wollten so schnell wie möglich aus dem Haus heraus.

Die technische Ausstattung war – vorsichtig ausgedrückt – besser als die einer normalen Kripo-Abteilung. Bei den beiden Einsätzen mit Israelis hatten die Mossad-Leute manches Spielzeug dagelassen, darunter Mini-Drohnen oder ein Wanzen-Tracking-Gerät.

Und so sah die Küche in Angelos´ und Yarivs Haus eher aus wie ein Internet-Café mit Speisebetrieb.

Natürlich liefen in Ornos auch die Bilder der Insel-Kameras auf.

Nach nur fünf Stunden Schlaf saßen die Herren Nikakis ziemlich zerknautscht vor den Bildschirmen.

„Kamera 12, ab 11 Uhr 20", brummte er.

Yariv klickte so lange, bis die einlaufende Fähre zu sehen war.

„Da ist einer mit Alu-Koffer", sagte Yariv, markierte die Person und zoomte das Gesicht.

Angelos ging näher an den Bildschirm heran, so, als könnte er nicht glauben, was er dort sieht.

„Das gibt´s doch nicht! Das ist der ölige Libanese. Der, dessen Bauplatz ich geflutet habe. Nasif .. Wi .. Wazny. Genau!"

„Wenn das sein richtiger Name ist", gab Yariv zu bedenken.

„Wäre er falsch, hätte er den Fake-Namen auch im Rathaus benutzt. Ich vermute, es ist sein richtiger Name. Gut. Wir lassen ihn durch den Computer laufen. Einmal den Namen. Liege ich verkehrt, nehmen wir die Gesichtserkennung", sagte Angelos.

„Aber was will er hier? Glaubt er, dass Abu tot ist und er gleich dessen Platz einnimmt?", fragte Yariv.

„Oder er weiß, dass wir Abu gerettet haben und leitet die Operation ‚finaler Schuss'! Ich muss Wazir anrufen", sagte Angelos.

Doch in der Klinik war es ruhig. Noch.

„Was willst du tun? Wir können zwar nach ihm fahnden, aber wegen was? Er steckt sicher hinter dem Anschlag auf die Yacht, aber das zu beweisen, wird schwer. Wie kriegst du einen Haftbefehl?", fragte Yariv.

Angelos lächelte.

„In dem ich in die Schublade greife!"

Er zog ein Formular aus einer Kladde.

Yariv lachte laut los.

„Blanko? Ist der wenigstens echt?"

„Selbstverständlich. Das ist die Notreserve, die mir Alexandros dankenswerterweise unterschrieben hat, bevor er zu seiner Kur gefahren ist. Du wirst ihn mögen!"

„Und was schreibst du als Grund, falls wir ihn wirklich finden?", fragte Yariv.

„Er hat versucht, Drogen zu verkaufen. Das reicht, um ihn erstmal festzunehmen!"

„Dann müsstest du auch Abu verhaften. Streng genommen", meinte Yariv grinsend.

„Streng genommen habe ich Abu nie bei einer Straftat erwischt. Aber wir haben keine Zeit für Rechtsstaat-Diskussionen. Gabriel soll das Bild bei Facebook und Instagram posten und an den Hotelverteiler schicken", sagte Angelos.

Auf einer kleinen Insel ohne TV und Radio, selbst ohne Zeitung, muss auch der überzeugteste Social-Media-Hasser die Plattformen benutzen. Da jeder Mykonier nichts anderes zu tun zu haben schien, als 24 Stunden nach neuen „Stories" zu suchen, war es die beste Methode für eine Schnellfahndung.

„An seiner Baustelle werden wir ihn sicher nicht finden", sagte Yariv.

„Außer er möchte ein Schlammbad nehmen", antwortete Angelos grinsend.

Das Notebook meldete sich mit einem „Ping".

„Was soll denn das? Er ist in der Datenbank der Gesichtserkennung, aber ohne Eintrag. Nur der Name. Das ergibt keinen Sinn, denn in der App sind nur richtige Kaliber gespeichert. Bei Interpol hingegen ist er gar nicht gelistet. Ich verstehe es nicht", sagte Yariv.

„Das ist doch ganz einfach. Bei unserem Herrn Wazny hat irgendjemand die Datenbank manipuliert", vermutete Angelos.

„Und wer sollte das sein?", fragte Yariv.

„Bestimmt keine Drogenhändler. Das sieht mir eher nach irgendeinem Geheimdienst aus. Oder eine oberste Polizeibehörde", meinte Angelos.

Yariv verdrehte die Augen.
„Das erleichtert ja unsere Arbeit ungemein",
sagte er.
„Ich finde es nicht schlimm. Im Gegenteil. Das
gibt uns einen Grund, bei den Herren Schlapp-
hut um Unterstützung zu bitten", entgegnete
Angelos.
„In Athen?"
Angelos verzog das Gesicht. Der griechische
Geheimdienst war für den Tod von Alex,
Angelos´ erstem Mann, verantwortlich. Genauer:
ein Verräter.
„Eher hacke ich mir die Hand ab, als dass ich
Athen um Hilfe bitte. Außerdem ist der EYP
technisch noch in der Steinzeit!"
„I got it. Wir bitten Tel Aviv um Hilfe", sagte Yariv.
„Nein. Wir fordern Hilfe an. Vergiss nicht, dass
zwei Israelis ermordet wurden!"

Mitten ins Gespräch platzte ein Anruf.
„Ist der Jude immer noch brav?"
Angelos lachte.
„Er ist zum Hausdiktator mutiert. Aber ich bin
gerne Untertan. Übrigens haben wir gerade von
euch gesprochen. Wir brauchen eure Hilfe,
Yossi!"
„Kein Problem. Aber zuerst möchte ich dir
erzählen, was wir herausgefunden haben. Es
geht um das Flugzeug, von dem aus geschossen
wurde. Es war eine Cessna 172", sagte Yossi.
Angelos seufzte.

„Reichweite über 1100 Kilometer. Lass mich raten: es ist in der Türkei oder Zypern gelandet!"
„Guter Mann. Türkei. Genauer gesagt in Dalaman!"
„Ich hätte auf Izmir getippt, aber Dalaman ist viel kleiner und weniger überwacht!"
„Richtig. Dennoch haben wir die Cessna gefunden. Sie ist tatsächlich als Werbeflugzeug genutzt worden, hauptsächlich über Bodrum und Marmaris. Wir haben den Besitzer besucht!"
„Lebt er noch?", fragte Angelos lachend.
„Wir sind doch keine Barbaren. Wir haben dem Herrn nur ein bisschen gedroht. Er wurde bezahlt von einer Scheinfirma mit Sitz in Beirut. Aber wir haben gute Verbindungen vor Ort!"
„Kein Wunder. Ihr habt dorthin ja einige Familienausflüge mit Panzern veranstaltet", sagte Angelos.
„Zur Selbstverteidigung, mein Bester. Also: hinter dem Attentat steckt ein Mann namens …"
„Nasif Wazny", riet Angelos.
„Woher zum Teufel weißt du das?", fragte Yossi.
„Einfache Polizeiarbeit. Und ein bisschen Glück", sagte Angelos. „Der Herr ist momentan hier auf Mykonos. Wir fahnden gerade nach ihm!"
„Wir würden ihm gerne ein paar Fragen stellen", sagte Yossi.
„Wie viele Finger hat er nach dem Verhör?", stichelte Angelos.
„Genau so viel wie nach einem Verhör auf Abus Yacht, dem Vernehmungszentrum der Polizei Mykonos", gab Yossi zurück.

Angelos lachte.

„Touché. Aber mir wurde es verboten, diese Methode fortzuführen!"

„Yariv?", fragte Yossi.

„Ja. Er führt neue Regeln ein!"

„So sind wir. Wir wollen bessere Menschen sein als unsere Feinde, aber so funktioniert die Welt nicht", seufzte Yossi.

„Sobald wir Wazny finden, melde ich mich", sagte Angelos.

30

Und dann brummte das Handy.

„Siopsis? Was will denn dein alter Chef?", fragte Angelos.

„Er war auch mal dein Chef", sagte Yariv.

„Vor Jahrhunderten", knurrte Angelos und ging ran.

„Ektor. Was können wir für den Herrn Polizeipräsidenten von Athen tun?"

„Ihr wenig. Du schon. Ich brauche dich sofort hier in Athen. Eine Geiselnahme in Piräus. Kavafis ist nicht da. Und du bist der Einzige, der Erfahrung als Verhandlungsführer hat!"

„Wieso machst du es nicht selbst?"

Aber das war eine rhetorische Frage, denn Siopsis näherte sich der 230-Kilo-Grenze.

„Im Ernst, Ektor: ich habe einen Überfall auf eine Yacht an der Backe. Vier Tote und ein Schwerverletzter. Nicht zu vergessen die Schüsse aus einer Cessna. Vier Tote. Jetzt ist der Täter oder der Hintermann auf der Insel. Wir fahnden gerade nach ihm. Ich kann unmöglich weg", sagte Angelos mit Nachdruck.

„Darf ich dich daran erinnern, wie oft ich dir geholfen habe? Dass ich einen Kommissar weniger habe, weil du ihn bestiegen und dann geheiratet hast? Ich habe euch bekanntgemacht. Also habe ich etwas gut bei dir! Außerdem ist Yariv auch Kommissar und kein schlechter. Er kann doch wohl eine Fahndung oder einen Zugriff durchführen!"

„Natürlich kann er das. Aber er braucht Unterstützung. Wir suchen schließlich keinen Ladendieb", entgegnete Angelos.

Dann nahm Yariv Angelos das Handy aus der Hand.

„Ektor? Yariv. Natürlich helfen wir dir. Angelos kann sich nur nicht von mir trennen!"

„Es sind doch nur ein paar Stunden, Herrgott. So verliebt kann man doch gar nicht sein", sagte Siopsis.

„Hast du eine Ahnung. Angelos kommt. Ich nehme an, du hast den Hubschrauber schon losgeschickt? Dachte ich mir. Er soll im Stadion landen. Aber wehe, Angelos passiert etwas!"

„Er sitzt in einem Van. Was soll ihm da passieren?"

„Du weißt genau, dass Angelos bestimmt nicht in dem Van bleibt. Aber egal. Schick uns Details vorab per Mail. Und vor Ort soll keiner was unternehmen", sagte Yariv und beendete das Gespräch.

Angelos kochte.

„ICH FLIEGE NICHT NACH ATHEN!"

„Du fliegst. Ektor hat dir immer geholfen. Du bist der Sohn, den er nie hatte. Und Freunde lässt man nicht im Stich. Du hilfst Abu? Richtig. Aber dann gilt das auch für Ektor!"

Angelos seufzte.

„Angelos. Du machst dir Sorgen, ich könnte hier irgendetwas auf eigene Faust machen. Aber das werde ich nicht tun", sagte Yariv.

„Du kannst Wazny suchen, von hier aus. Wenn du ihn gefunden hast, wartest du, bis ich wieder da bin. Versprich es mir", meinte Angelos.

„Großes Ehrenwort. Und jetzt zieh dich um. Ich überprüfe inzwischen deine Glock!"

31

Piräus

Kommissar Angelos Nikakis konnte Athen nicht leiden, ihm war Piräus schon immer lieber.

Lärm und Stress zehrten auch hier an seinen Nerven.

„Aber in Piräus sind die Kriminellen noch richtige Verbrecher. Man weiß, woran man ist. In Athen sitzen die wahren Kriminellen in den Firmenzentralen und in der Regierung", stellte Angelos einmal fest. Zudem war er Olympiakos-Fan.

Seine Laune verschlechterte sich, als er die Agiou Dionisiou hinter sich ließ und der Wagen vor einem Parkhaus hielt.

„Was zum Teufel soll ich hier?", schnauzte er den Polizisten an.

„Die Zentrale steht oben auf dem Dach", antwortete der junge Mann kleinlaut.

„Anweisung von Kommissar Ritsos!"

Ritsos. Unfähig. Dumm. Korrupt.

„Aha. Wieso hat er die Zentrale nicht gleich in den Hafen verlegt? Herrgott. Sollen wir fünf Stockwerke hinunterrennen, wenn etwas passiert?"

„Es gibt einen Aufzug", sagte der Polizist leise.

„50 Euro, dass er kaputt ist", knurrte Angelos. Und so war es auch.

Oben angekommen, stand Ritsos breitbeinig vor dem Kommandowagen, „Zentrale" genannt.

„Mir wird´s gerade viel wärmer, Woran das wohl liegt?", sagte Ritsos grinsend.

„Keine Sorge. Niemand ist so verzweifelt, dass er dich anfassen würde. Und jetzt mach dich vom Acker", knurrte Angelos und öffnete die Seitentüre des schwarzen Vans.

Nikos Elytis von der Spezialeinheit OPKE war sichtlich erleichtert, als er Angelos sah.

„Gott sei Dank bist du da. Darf ich etwas vorschlagen?"

„Natürlich. Aber ich vermute, wir sind uns einig: wir müssen runter auf die Straße. Das Dach können wir mit einer Drohne überwachen", sagte Angelos.

„Richtig. Wir sind hier zu weit weg. Aber mit der Drohne … das wird wohl nichts. Wir haben keine", antwortete Elytis.

Angelos verdrehte die Augen.

„Herrgott. Zuhause stehen zwei herum. Egal. Dann brauchen wir zwei Scharfschützen hier oben und einen Mann zusätzlich zur Beobchtung. Einverstanden?"

Elytis nickte.

„Dann nach unten, bitte. Am besten hundert Meter entfernt von der Bank. Da ist eine Bushaltestelle", sagte Angelos zu dem Fahrer.

„Inzwischen kannst du mich ja briefen", meinte Angelos zu Elytis, wissend, dass der sich kurzfassen würde. Elytis verstand sein Handwerk.

„Piräus-Bank. Ein Vorder-, ein Hintereingang. Tresor im Keller. Erster Anruf vor etwa zwei Stunden durch einen Passanten, der zwei Schüsse gehört hat. Die Polizei war eine Minute später hier, denn …"

„ … die Hafenpolizei sitzt keine 500 Meter von hier entfernt", ergänzte Angelos. „Wieso suchen sich die Herren ausgerechnet die einzige Bank aus, die praktisch neben einer Polizeiwache liegt?", fragte Angelos.

Elytis zuckte mit den Schultern.

„Keine Ahnung. Wir waren acht Minuten nach dem Anruf hier. Aber Ritsos hat keine Ahnung. Er hat noch nicht einmal in der Bank angerufen. ‚Die kommen von alleine raus und dann greifen wir sie uns', meinte er.

„Er ist und bleibt ein Idiot. Aber es ist seltsam, dass auch die Herren drin keinen Kontakt suchen!"

„Sollten wir sie nicht ‚Bankräuber' nennen?", fragte Elytis.

„Nikos, wer überfällt heutzutage noch eine Bank? Es gibt nicht einmal mehr eine Kasse. Sie müssten den Automaten sprengen. Aber das mache ich nachts, oder? Und wäre ich Terrorist: Eine Geiselnahme ist woanders einfacher. Keine Kameras. Warum dann eine Bank?"

„Du hast recht. Ich will dir nicht sagen, was du tun sollst, aber …"

„Nikos. Du sagst, was du denkst. Ich rufe jetzt an", sagte Angelos und griff zum Telefon.

108

Der Mann schien nur darauf gewartet zu haben, dass das Telefon klingelt.

„Guten Tag. Sie sind verbunden mit der Piräus-Bank. Mein Name ist ‚piep'. Was kann ich für Sie tun?"

Ein Witzbold.

„Auch guten Tag. Ich möchte Sie gerne als Bevollmächtigten für mein Konto einsetzen. Dazu brauche ich aber bitte Ihren Namen und die Adresse", antwortete Angelos.

Der Mann am anderen Ende der Leitung lachte laut.

„Ein Bulle mit Sinn für Humor. Das ist ja regelrecht erfrischend!"

„Noch erfrischender wäre es, wenn Sie mir sagen, was Sie wollen", meinte Angelos.

„Wir wollen gar nichts", antwortete der Mann zu Angelos´ Verblüffung.

„Warum sind Sie dann überhaupt in der Bank?"

„Das überlasse ich Ihrer Fantasie. Und jetzt hören Sie zu: wir haben zwölf Geiseln, die zusammengebunden sind. Zwei haben zur Dekoration ein Päckchen Semtex mit Fernzündung um den Hals. Und das Signal kommt entweder von mir oder von einem Mitarbeiter außerhalb. Also denken Sie nicht mal daran, die Bank zu stürmen. Der berühmte Schuss in den Hirnstamm – vergessen Sie es. Unsere momentane Forderung: in einer Stunde kommt eine der Geiseln vor die Türe. Vorher stellen Sie Getränke und Essen hin. Zwei Meter vom Eingang entfernt!"

109

„Möchten Sie vielleicht zunächst die Menükarte?", fragte Angelos.

Der Mann lachte.

„Ich beginne Sie zu mögen, Herr Nikakis. Pizza genügt. Zwanzig!"

Dann legte der Mann auf.

Angelos und Nikos schauten sich fragend an.

„Was bitte war das?", fragte Nikos.

„Semtex um den Hals? Das machen keine Bankräuber. Terroristen? Die könnten sich überall in die Luft sprengen oder wenn die Herren sich selbst nicht opfern wollen: eine Bombe in der U-Bahn hätte viel größere Wirkung", antwortete Angelos.

„Mir ist noch etwas aufgefallen", sagte Nikos.

„Was denn?"

„Woher wusste er, dass du am Telefon bist? Du hast dich nicht mit Namen gemeldet!"

Erst in diesem Moment wurde Angelos klar, dass hier etwas nicht stimmte. Aber was?

32

90 Minuten später standen Getränke und Essen noch immer vor dem Eingang zur Bank. Kommissar Angelos Nikakis hatte mehrmals versucht, in der Bank anzurufen, doch alles, was er hörte, war das Besetztzeichen. Auch Nikos wurde zunehmend unruhig.

„Wir haben noch zwei Stunden bis zur Dämmerung. Prinzipiell können wir den Zugriff auch in der Nacht durchführen. Aber …"

„… es ist weniger berechenbar als bei Tag, ich weiß", fügte Angelos hinzu. In der Nacht sind die Sinne schärfer, besonders das Gehör. Gleichzeitig ist der Lärmpegel deutlich geringer und diese Nachteile werden durch Equipment nicht ausgeglichen. In einer lärmenden Großstadt wie Piräus greift man eher bei Tag zu.

Angelos zögerte.

Da nichts an diesem Einsatz nach üblichem Schema verlief, tat er sich mit einer Einschätzung schwer. Kein normaler Überfall, aber auch keinerlei Gewissheit, dass es Terroristen sind. Es ist etwas ganz anderes, aber was?

„Wir gehen rein, Nikos! Frontal. Fangschüsse!"

„Und was ist mit den Geiseln? Wenn das mit dem Sprengstoff stimmt …"

Angelos zögerte.

„Ich kann dir nichts anderes bieten als meine Intuition. Geht es schief, wird man mich einen Kopf kürzer machen. Dennoch: wir gehen rein! Der Bombenentschärfer soll sich dicht hinter euch bereithalten und auf das Kommando ‚gesichert' reingehen. Einverstanden? Mehr als ein Gefühl kann ich dir nicht bieten", sagte Angelos.

„Das reicht mir. Zugriff in zehn Minuten. 1730! Und du bleibst hier", antwortete Nikos.

„Das kannst du vergessen. Ich schicke niemanden rein, wenn ich nicht selbst dabei bin!"

111

Nikos lächelte.

„Nichts anderes habe ich erwartet.

Um 17 Uhr 30 erschütterte eine Explosion die Agiou Dionisiou. Die Türen der Bank zerbarsten und das Einsatzkommando stürmte hinein. Als Angelos die Halle betrat, sah er nur eine Gruppe Menschen, die gefesselt am Boden saßen.

Keiner hatte etwas um den Hals hängen.

„Gesichert", rief Nikos.

Angelos rannte zu der Säule, zu deren Fuß die Geiseln saßen.

„Wo sind sie?", rief er laut.

„Weg. Schon seit einer Stunde", sagte ein älterer Mann, der als erster den Schock der Erstürmung überwunden hatte.

„Wie viele?", fragte Angelos knapp.

„Drei. Ich bin der Filialleiter!"

„Was wollten die? Haben sie nach Geld oder dem Tresor gefragt?"

„Wir haben keinen Tresor mehr. Aber sie haben nach nichts gefragt. Sie haben uns gefesselt – das wars. Dann sind sie nur herumgestanden. Es schien, als würden sie auf irgendetwas warten!"

„Gibt´s einen Keller?", fragte Angelos.

„Ja. Aber wir haben nicht mal Schließfächer unten. Es ist eher Archiv und Lager. Und die Technik, der Server!"

Nikos verstand und gab seinen Männern den Befehl, die Kellerräume zu überprüfen.

Angelos schnitt die Seile durch, mit denen die Geiseln gefesselt worden waren.

„Kann jemand die Täter beschreiben?"

„Wie sollten wir? Sie trugen Wollmützen mit Schlitzen", sagte eine junge Frau.

„Das meine ich nicht. Sprachen die Täter mit irgendeinem Akzent?"

„Es waren Araber", sagte ein älterer Herr. „Ich bin gebürtiger Jordanier. Untereinander haben sie Arabisch gesprochen, wenn auch leise. Aber ich bin mir sicher!"

Warum sollten Araber eine Bank in Piräus überfallen, Geiseln nehmen und dann verschwinden, ohne etwas gefordert oder erhalten zu haben?

„Sie sind über die Kanalisation raus. Ich habe ein paar Männer hinterhergeschickt", sagte Nikos.

Angelos schüttelte den Kopf.

„Ruf sie zurück. Sie sind seit einer Stunde weg. Sie könnten sonst wo sein!"

„Kannst du hier übernehmen?", fragte Angelos.

Nikos nickte.

„Weißt du, was mir immer noch komisch vorkommt? Dass er deinen Namen wusste. Und sein Ton war irgendwie spöttisch. So als hätte er dich reingelegt", sagte Nikos.

Angelos wurde flau im Magen.

Natürlich.

Man wollte mich weglocken.

Panisch griff Angelos nach dem Handy und tippte auf Yarivs Nummer.

Mailbox.

„Nikos. Fahr mich bitte sofort zum Hubschrauber. Ich befürchte, sie haben Yariv!"

33

Nikos raste durch den Hafen von Piräus. „Der Hubschrauber landet auf dem Pier für die Kreuzfahrtschiffe. Dort ist momentan Platz", sagte er.

Angelos nickte nur.

Nikos stoppte am Pier, zog ein Päckchen Zigaretten aus seiner Jacke. Er zündete sich eine an und hielt sie Angelos hin.

„Ich rauche nicht", sagte Angelos leise.

„Du rauchst ab jetzt. Los. Du musst dich herunterfahren. Wie willst du Yariv sonst finden?"

Lustlos nahm Angelos die Zigarette und zog daran.

„Ich weiß gar nicht, wo ich anfangen soll. Ich bin wie gelähmt!"

„Jetzt warte erst mal ab. Vielleicht ist ja nur das Handy kaputt", sagte Nikos.

Angelos schüttelte den Kopf. Er wartete ungeduldig auf Gabriels Rückruf. Der hatte die Feuerwehr nach Ornos geschickt, damit die im Notfall die Türe aufbrechen könnte.

„Vielleicht haben sie ihn ja auch gleich ..."

„Hör auf, Angelos. Fakten. Und du brauchst Hilfe. Ich ziehe meine Leute von der Bank ab und wir fliegen dir hinterher. Zwanzig Mann, die wissen, wie man in solchen Situationen handelt. Und wir werden jeden Stein umdrehen", sagte Nikos laut, weil der Hubschrauber zur Landung ansetzte.

„Danke", sagte ein noch immer unter Schock stehender Angelos und stieg aus dem Wagen. Bevor er die Türe zuschlug, sagte er noch: „Kannst du mir die Schachtel mitgeben? Und das Feuerzeug?"

Nikos schmunzelte und so wurde Kommissar Angelos Nikakis zum Raucher.

Der Hubschrauber setzte auf dem Spielfeld im Stadion von Ornos auf. Angelos rannte so schnell er konnte die 200 Meter zu ihrem Haus. Als er um die Ecke kam, blieb er stehen.

Vor der Türe stand der Chef der Feuerwehr, Nikos, und Gabriel, der in seinem Rollstuhl zusammengesunken war.

Nein. Bitte nicht.

Angelos zwang sich, weiterzugehen.

Ich hätte nicht in dieses Haus zurückkehren dürfen. Einen Mann habe ich schon darin verloren – Alex. Und jetzt der zweite?

„Ist Yariv tot?", fragte Angelos zitternd.

„Nein", antwortete Gabriel schnell.

Erleichtert griff Angelos nach der Schachtel Gauloises.

„DU RAUCHST?", fragte Gabriel.

„Nach was sieht das hier wohl aus?", fragte Angelos. „Was erwartet mich im Haus?"

„Scherben und ein Notebook in Einzelteilen auf dem Küchenboden. Yariv hat sich wohl gewehrt", sagte Nikos.

„Blut?", fragte Angelos vorsichtig.

„Nein", sagte Gabriel. „Aber was machen wir jetzt? Warten auf den Anruf der Entführer?"

„Ich befürchte, sie rufen gar nicht an, weil sie nichts wollen. Sie haben es schon", sagte Angelos und erzählte, was in Piräus passiert war.

„Ein solcher Aufwand, nur um dich wegzulocken? Dann muss das eine ganz schön große Truppe sein. Wieso haben sie nicht gleich dich entführt?", fragte Gabriel.

„Weil sie wissen, dass sie mich mehr treffen, wenn sie mir Yariv wegnehmen. Weil sie wissen, dass ich ohne ihn nicht leben kann. Und dann wäre der Weg frei, das Drogengeschäft zu übernehmen. Abu hat im Moment wenig entgegenzusetzen. Es wird Monate dauern, bis er einen neuen Kommandoposten hat – von den Waffen und der Technik ganz zu schweigen!"

Gabriel und Nikos schwiegen.

Aus der Ferne hörte man das Brummen von Hubschraubern.

„Kommt da die Kavallerie?", fragte Gabriel.

„Nikos und die OPKE. Aber was hilft das, wenn sie Yariv ohnehin töten wollen. Das Einzige, was mir bleibt, ist, um einen Austausch zu bitten. Sie sollen Yariv laufenlassen und mich nehmen", antwortete Angelos niedergeschlagen.

Gabriel wurde laut.

„Das kommt nicht infrage. Du vergisst, dass es Menschen gibt, die dich lieben. Ich zum Beispiel. Und es gibt Menschen, die dir etwas schuldig sind. Ruf den Premier an. Der soll Soldaten

116

schicken. Und Tel Aviv. Wir brauchen Drohnen. Yariv ist zudem Jude. WIR haben eine Armee auf unserer Seite. Aber die Führung musst du übernehmen. Also reiß dich zusammen, Herrgott! Ich sitze zwar im Rollstuhl. Das heißt aber nicht, dass ich nicht denken kann. Und schießen kann ich immer noch besser als du!"

„Du bist mein treuester Freund. Danke!", sagte Angelos.

Dann küsste er Gabriel auf die Stirn.

„Endlich kann ich dir etwas zurückgeben. Außerdem würde mit dir auch der Zauberstab sterben. Das wäre jammerschade!"

Angelos musste schmunzeln.

Dann wurde das Dröhnen immer lauter.

Die Kavallerie war da.

34

Das erste Organ, das seinen Dienst wieder aufnahm, was das Ohr. Jemand blies Luft aus.

Ein Raucher – jetzt nahm Yariv auch den Geruch wahr. Trotz der dröhnenden Kopfschmerzen versuchte er, die Augen zu öffnen, aber seine Lider waren schwer wie Blei. Als es Yariv endlich gelang, sah er nur überblendete Bilder, Folge der Gehirnerschütterung.

Nur bruchstückhaft kam die Erinnerung zurück. Der angebliche Paketbote, der ihm den Schlag verpasst hatte. Ich bin noch in die Küche gestolpert und habe den Tisch abgeräumt. Dann wurde es dunkel.

Yariv versuchte sich zu bewegen. Die Muskeln im Oberkörper und in den Beinen begannen langsam zu reagieren. Nur von seinen Armen kam keine Rückmeldung.

Er öffnete erneut die Augen und trotz der wackelnden Bilder erkannte er, warum. Die Arme waren an einen Tisch getaped. So sehr er auch daran zog – es rührte sich nichts.

„Der Jude wird wach", sagte eine Stimme.

Ich Jude? dachte Yariv. Ich bin gar keiner. Ich bin Grieche mit jüdischer Mutter, Herrgott. Keine Beschneidung, keine Bar mizwa. Mutter hasste alle Religionen, aber austreten kann man schlicht nicht. Das gibt es im Judentum nicht. Glaube ich jedenfalls.

„Hol den Chef", sagte ein zweiter Mann.

„Wasser", war Yarivs erstes Wort.

„Du brauchst kein Wasser. Ihr seid doch auch ohne Wasser durch die Wüste marschiert", sagte der erste Mann spöttisch.

„Ich bin Grieche, ihr Idioten", entgegnete Yariv und erntete einen Schlag ins Gesicht.

Blut sammelte sich in seinem Mund.

Die Türe ging auf. Es war, wie es Yariv befürchtet hatte. Es war der Libanese. Es ging also um Abu. Nein. Dann hätten sie sich Angelos gegriffen. Aber besser so, dachte Yariv.

„Guten Tag, Herr Nikakis. Ich entschuldige mich für die unangenehmen Umstände", sagte der Libanese.

„Ah, der Herr mit dem vollgelaufenen Pool", antwortete Yariv.

Es folgte der nächste Schlag.

„Angelos und Abu machen euch platt!"

„So? Bisher lief alles nach Plan. Beide scheinen nicht gerade die Hellsten zu sein!"

Yariv lachte und spuckte Blut dabei.

„Was wollt ihr?"

Der Libanese lachte.

„Du bist auch nicht schlauer. Was wir wollen? Nichts. Absolut nichts!"

Yariv war verwirrt.

Dann begriff er.

Sie wollten mich. Mehr nicht. Dies ist keine Entführung, sondern …

Ich werde sterben. Das überlebt Angelos nicht, war Yarivs erster Gedanke.

„Du bist so stumm, Jude", sagte der Libanese. „Ist der Groschen gefallen?"

Oh ja. Schade. Gerade mal ein paar Monate glücklich – aber immerhin.

„Ihr werdet mich bald begleiten. Und es wird unangenehm lange dauern!"

Der Libanese lachte.

„Der Boss hat uns gewarnt. Der kleine Jude hat dicke Eier", sagte er zu den anderen.

Dann stellte er sich hinter Yariv und flüsterte ihm ins Ohr:

„Ich kann dich beruhigen. Deine Eier kommen zum Schluss dran. Und dann wirst du sie hinunterschlucken. Aber ich will das Finale nicht vorwegnehmen! Und auf einen schnellen Tod solltest du nicht hoffen. Wir haben ein paar Ampullen Adrenalin. Schließlich will der Boss etwas sehen für sein Geld!"

Der Libanese drehte sich um und bellte einen seiner Männer an:

„Wo zum Teufel ist die Kamera? Der Boss grillt euch, wenn er kein Video bekommt!"

Beide Männer rannten aus dem Raum und kamen mit Kamera und Stativ zurück.

„Du wirst Filmstar", sagte der Libanese. „Und du kannst auch richtig schreien. Das ist so etwas wie ein schalldichtes Studio. Und glaube mir, du wirst schreien. Ach, jetzt habe ich glatt das Wichtigste vergessen!"

Der Libanese ging aus dem Zimmer und kam nach einer Minute zurück. In der rechten Hand hielt er einen Bolzenschneider.

„Das wird sozusagen das Vorspiel", sagte er.

Yariv begann zu zittern.

„Schau hin. Unser Jude pisst sich ein. Dabei haben wir noch gar nicht angefangen!"

Beruhige dich, dachte Yariv. Angelos findet dich. Aber Yariv hörte innerlich eine zweite Stimme: Sicher findet Angelos dich. Die Frage ist nur: was ist dann noch von dir übrig?

35

Derweil hatte Gabriel das Kommando übernommen. Als früherer Agent wusste er, wie man Briefings trotz Druck effizient handelt.

Zuvor hatte er für das Einsatzkommando Fahrzeuge und Quartiere organisiert.

„Ok. Als Erstes: zwei Mal Nikos geht nicht!"
Beide grinsten.

„Nehmen wir meine Funkkennung. Alpha One", sagte Nikos, Leiter der OPKE.

„Angelos! Du rufst Tel Aviv an. Dann Athen und danach fährst du in die Klinik zu Abu. Wir brauchen seine Männer und das, was er noch an Technik hat. Und mach ein anderes Gesicht. Yariv braucht einen kämpferischen Angelos!"

Er hat recht, dachte Angelos., aber ...

„Gabriel. Du weißt, dass wir es nicht mit einer normalen Entführung zu tun haben. Kein Anruf, keine Übergabe ... Sie wollen und werden Yariv umbringen. Wenn er überhaupt noch lebt ..."

„Wenn wir nichts tun, stirbt er auf jeden Fall. Und mit der Vorstellung, dass wir ihn hätten retten können, wenn wir schneller gewesen wären, will ich nicht leben. Dein erster Mann, Alex, würde vielleicht noch leben, wenn wir zehn Minuten schneller dagewesen wären!"

Angelos holte tief Luft.

„Ich war zu langsam, nicht wir", antwortete er.

121

„Das stimmt nicht. Und widersprich mir nicht: ich war dabei. Und jetzt los: Telefonieren!"

Angelos gehorchte. Und wählte Yossi Cohens private Nummer.

„Angelos. Schön dich zu hören. Was gibt´s?"

„Eine Menge. Und ich brauche deine Hilfe!"

Kurz schilderte Angelos, was passiert war.

„Das tut mir leid. Sag mir, was wir tun können!"

„Wir brauchen Drohnenaufnahmen. Hast du welche in der Nähe?"

„Ich rufe dich gleich zurück", sagte Yossi.

Zwei Minuten später war er wieder in der Leitung.

„In zwanzig Minuten ist die Drohne über Mykonos. Wir lassen sie dort, solange du sie brauchst. Wir schicken dir die Bilder, werten sie aber auch selbst aus. Sobald du eine Eingrenzung vornehmen kannst, tun wir uns leichter. Es ist eine waffenfähige Drohne, falls du Feuerkraft brauchst. Aber bei einer Entführung eher weniger nützlich!"

„Ich befürchte, es ist keine Entführung …", sagte Angelos leise.

„Oh. Ich kann dir noch etwas anbieten, was ich dir gar nicht sagen dürfte. Wir können den ganzen Telefonverkehr auf Mykonos abhören", sagte Yossi.

„Aber das sind Dutzende von Gesprächen gleichzeitig", wand Angelos ein.

„Schon, aber die unwichtigen sortiert der Algorithmus aus. Nur die mit bestimmten Kennwörtern bleiben übrig und werden händisch bearbeitet!"

„Und wenn sie verschlüsselte Handys benutzen?", fragte Angelos.

„Das wäre das Dümmste überhaupt, denn dann bleiben nur ein oder zwei Gespräche übrig und wir hätten die genauen Standorte!"

„Danke. Aber meine Hoffnung ist nicht groß", seufzte Angelos.

„So kenn ich dich gar nicht. Tja, die Liebe. Darf ich dir einen Tipp geben? Lass Gabriel die Führung übernehmen. Er war einer meiner besten Leute!"

„Du hast recht. Ich kann nicht klar denken!"

„Aber es war noch nie so wichtig wie heute. Yariv verlässt sich auf dich. Wenn dir sonst noch etwas einfällt, melde dich. Du hast bei uns noch einiges gut. Viel Glück!"

36

Tel Aviv schickt eine Drohne und sie überwachen den Telefonverkehr. Und Migiakis schickt eine Kompanie aus Syros. 60 Mann", sagte Angelos, als er wieder in die Küche kam.

„Wow. Wir kriegen wirklich eine Armee zusammen. Siehst du, du hast Freunde und bist nicht allein. Dann teile ich die Insel jetzt in Planquadrate auf, die die Teams durchkämmen", sagte Gabriel.

Das dauert ewig, dachte Angelos niederge-
schlagen.
„Wie wird eigentlich die Bevölkerung im
Katastrophenfall alarmiert?", fragte Alpha One.
„Sirene. Dann sollen sie auf unseren Twitter-
Account gehen. Haben wir letztes Jahr probiert.
Funktioniert gut. Wer kein Smartphone hat, weiß,
dass er zum Nachbar gehen soll. Warum?"
„Wir könnten die Bevölkerung mitsuchen lassen.
Ihr habt doch ein Bild von dem Libanesen!"
„Gute Idee. Und wenn sie hören, dass Angelos´
Ehemann das Opfer ist, helfen sie uns bestimmt",
sagte Gabriel.
„Nein", ging Angelos dazwischen. „Schreib, ein
hochgefährlicher Terrorist ist auf der Insel, mit
Sprengstoff. Wenn´s um die eigene Haut oder
Familie geht, machen mehr mit!"
Gabriel grinste.
„Das Hirn funktioniert wieder. Und jetzt fährst du
in die Klinik zu Abu. Kannst du selbst fahren?"
Angelos nickte.
Doch als er fünf Minuten später vor der Hygeia-
Klinik vorfuhr, konnte er sich nicht daran erinnern,
wie er dorthin gekommen war.
Wazir und der zweite Abu-Mann hielten vor
dessen Zimmer Wache. Überflüssigerweise.
Warum habe ich nicht daran gedacht, sie
könnten sich Yariv schnappen? Aber ich muss
irgendetwas geahnt haben. Ich wollte nicht
nach Athen.

„Ah. Endlich Besuch. Mir ist furchtbar lang … Was machst du denn für ein Gesicht?", fragte Abu Bakar.

Angelos sagte es ihm.

Abus Kopf lief rot an. Zorn.

„Diese Wichser. Und alles wegen mir!"

Angelos schüttelte den Kopf, aber dann brachen die Dämme. Er begann zu schluchzen und vergrub seinen Kopf in der Bettdecke.

Abu war irritiert. Seit seiner Bekanntschaft mit einem Flammenwerfer war er praktisch gefühllos. Mit Erstaunen reagierte er, als er sah, dass seine Hand sich auf Angelos´ Kopf legte und ihn streichelte.

„Lass es raus. Und danach machen wir denen die Hölle heiß!"

Als Abu Angelos´ verheultes Gesicht sah, wusste er, dass er etwas tun musste. Er holte aus und verpasste Angelos eine Ohrfeige.

„Was soll das?", fragte Angelos, der sich die Backe hielt.

„Entschuldige, aber heulen kannst du später. Jetzt muss gehandelt werden! WAZIR! Steht da draußen ein Rollstuhl?"

„Ja. Aber da sitzt einer drin!"

„Rausschmeißen und herbringen. Wir fahren zu Angelos nach Ornos!"

Als sie in Ornos eintrafen, staunte Abu.

Fünf Hubschrauber, Fahrzeuge, Männer mit Helm.

„Hast du NATO-Alarm ausgelöst?"

37

Yariv spürte einen stechenden Schmerz im Arm.

Dann folgte ein Energieschub, der durch den ganzen Körper raste. Im Gehirn verschwand der Schleier der Ohnmacht.

„Adrenalin und ein wenig Tilidin. Eine bewährte Mischung. Sie sorgt dafür, dass sich der Gast nicht per Tod davonmacht!"

Der Libanese lachte über seinen eigenen Scherz.

„Es ermöglicht, dass der Gast das volle Programm durchsteht. Man stirbt also nur schrittweise, unter immer größer werdenden Schmerzen!"

Trotz des Tilidin erfasste ein stechender Schmerz die rechte Körperhälfte. Yariv schaute nach unten auf seine rechte Hand. Der kleine Finger war weg. Phantomschmerz.

Auf dem Tisch sah er, dass Blut über den Tisch lief.

„Ich hoffe, du hast nichts dagegen, dass wir das verlorengegangene Körperteil deinem Mann schicken", sagte der Libanese.

„Bitte nicht. Macht, was ihr wollt, aber …"

„Ah. Der edle Ritter, der seinem Liebsten den Schock ersparen will. Bedauere, das Päckchen, oder besser gesagt die Päckchen, gehören zum Veranstaltungsprogramm. Du stirbst ein wenig und er stirbt ein wenig mehr. Doppelter Nutzen.

Was hier passiert, tut jemandem zehn Kilometer weiter weh. Erstaunlich, nicht?"

Doch Yariv hörte nicht zu. Der Schmerz war zu groß.

„Gleich geht es dir besser", sagte der Libanese. „Wir beginnen mit der weiteren Übertragung. Der nächste Programmpunkt wäre die Zahnzange in Verbindung mit einer feinen Nadel. Ich hab das mal in Syrien gesehen. Sehr beliebt. Der Soundeffekt ist grandios!"

38

Istanbul

Der Falke räkelte sich auf dem Fernsehsessel.

Das ist der beste Film seit langem. Bei Yarivs langgezogenem Schrei bekam er eine Gänsehaut, aber nicht aus Grauen, nein, es erregte den Falken.

Der Jude hatte sich eingenässt. Eine Augenweide.

Alles hatte hervorragend geklappt. Konkurrent Abu war entwaffnet und seiner Kommunikationswege beraubt. Dass er überlebt hatte, war ein bedauerlicher Rückschlag. Aber Abu war nun ein Nichts. Unwichtig.

Sobald der Jude beseitigt ist, würde auch Angelos Nikakis am Ende sein. Bei Yariv anzusetzen, war ein kluger Schachzug. Man setzt gleich zwei Gegner schachmatt.

Abu würde allein dastehen. Oder Angelos würde ihn sogar für Yarivs Tod verantwortlich machen. Dann wäre die Zeit reif, Mykonos zu übernehmen und das Geschäft zu forcieren. Niemand wird sich mir in den Weg stellen.

Der Mann griff nach seinem Handy.

„Wann geht es weiter?", fragte er ungeduldig.

„Der Jude ist ohnmächtig geworden. Er bekommt eine Spritze und dann geht es weiter", sagte die Stimme.

„Aber bitte etwas langsamer. Finger abhacken geht zu schnell. Er soll leiden!"

„Verstanden, Boss. Wir machen mit der Zahnzange weiter!"

Der Falke grinste.

Das wird ein Riesenspaß!

39

In Ornos wurde jeder Quadratmeter des Hauses genutzt. Im Schlaf- und Gästezimmer saßen die Männer der Spezialeinheit.

„Zehn Männer in meinem Schlafzimmer. Ein feuchter Traum", knurrte Angelos. Im Erdgeschoss sah es noch schlimmer aus.
„Zwei Männer im Rollstuhl als Generäle. Sehr innovativ", sagte Angelos, als er die Küche betrat.
„Generäle stehen nie in vorderster Linie, Schöner", antwortete Gabriel. „Also: ich habe die Insel in Quadrate eingeteilt. Jedes wird von vier Mann durchkämmt. Den Hafen habe ich verständigt. Giorgios schickt die Soldaten zu einem Bus, der sie nach Ano Mera fährt. Dort sind sie näher dran, vermute ich. Ich würde auch im Osten beginnen und mich nach Westen vorarbeiten. Das Handynetz habe ich dort abgeschaltet!"
„Mach das rückgängig. Tel Aviv will über die Gespräche den Ort lokalisieren", sagte Angelos.
„Macht Sinn. Ah. Da kommen die ersten Drohnenbilder", meinte Gabriel.
„Sie werden keine Fahne aufgehängt haben", sagte Angelos spöttisch.
Aber die kurze Abschaltung des Netzes hatte dazu geführt, dass die Live-Übertragung von Yarivs Leiden unterbrochen wurde. Da der einzige Zuschauer darauf Wert legte, keine Minute zu versäumen, hatte Gabriel, ohne es zu wissen, dafür gesorgt, dass sie Zeit gewannen.
Nikos kam in die Küche.
„Angelos. Da war ein Junge draußen. Er hat mir ein Päckchen für dich gegeben!"

„Ich habe nichts bestellt. Mach es auf", sagte Angelos genervt.

Nikos zückte sein Messer und öffnete das kleine Päckchen. Plötzlich rannte er zur Küchenspüle und übergab sich.

„Was ist los?", fragte Angelos, begriff aber sofort, was in dem Karton zu finden sein würde.

Nikos packte Angelos am Hosenbund.

„NICHT, ANGELOS!"

Doch der hatte sich losgerissen und starrte hinein. Eine Sekunde später übergab auch er sich und rannte aus dem Haus.

„Was ist drin?", fragte Abu Nikos.

„Ein Finger!"

„Das bedeutet aber auch, dass er noch lebt. Sie wollen ihn quälen. Die Frage ist, ob wir es rechtzeitig schaffen", sagte Abu. „WAZIR! In dem Päckchen da ist ein Finger. Waschen und ins Gefrierfach legen", sagte Abu. „Das ist doch harmlos. Ich habe Männer gesehen …"

Gabriel verdrehte die Augen.

„Bitte keine Geschichten aus Rakka. Schon gar nicht, wenn Angelos wieder da ist!"

40

Alles, wirklich alles änderte sich um 3 Uhr nachts.

Zuvor hatten die Suchteams damit begonnen, ihre Quadrate zu durchsuchen. Im Haus verblieben nur die Rollstuhl-Generalität und Angelos. Der aber saß auf der Couch. Der Schock über den abgeschnittenen Finger war noch immer groß.

„Es sieht so aus, als hätte man ihn abgehackt und nicht langsam durchtrennt", hatte Abu gesagt, was ihm einen Bösen Blick einbrachte.

Dann brummte Angelos´ Handy. Es war Yossi.

„Setz dich sofort an den Computer. Wir haben ein verschlüsseltes Gespräch erwischt. Vor dreißig Minuten. Das einzige verschlüsselte überhaupt!"

„Konntet ihr es zurückverfolgen?", fragte Angelos.

„Ja. Und noch etwas: vom selben Ort, aber einem anderen Gerät findet eine Datenüber-tragung statt. Kontinuierlich. Eine große Menge. Das Entscheidende: es ist derselbe Empfänger. Die Ortung ergab genau die Schnittlinie zwischen B6 und B5 in der Mitte!"

Angelos zoomte die Karte mit den Suchqua-draten hoch.

„Das ist zwanzig Meter südlich des Grundstücks des Libanesen. Aber da ist nichts. Wir waren

doch erst dort. Oder hast du etwas gesehen?",
fragte er Gabriel.

„Nein. Er hat nur auf seinem Grund angefangen
zu bauen. Er kann auch keinen Gang angelegt
haben, schließlich ist die Wanne vollgelaufen!"

„Wem gehört das Grundstück südlich? Du kennst
die Katastereinträge besser als ich!"

„Dem alten Konstantinos. Aber da ist gar nichts
außer Baumstümpfen", sagte Gabriel.

„Stümpfe. Konstantinos. Moment Mal. Der Name
sagt mir was. Die Familie hatte einen Olivenhan-
del. Der Hain lag in dem Bereich. Aber in den
Siebzigern sind die Bäume alle eingegangen,
weil der Meltemi immer stärker wurde. Oliven
vertragen keine stürmischen Winde. Die Familie
hat Hain und Firma aufgegeben. Nur der Alte
lebt noch!"

„Das ist ja schön und gut. Aber die Drohne zeigt
keinerlei Wärmebild zum Zeitpunkt des Telefo-
nats", sagte Yossi.

„Natürlich nicht. Oliven lagerte man in Kellern
direkt am Hain, um sie zu kühlen. Sie halten Yariv
in einem der Keller fest", antwortete Angelos.

„Gib mir mal das Sattelitenbild, Gabriel!"
Angelos starrte auf die Vergrößerung.

„Siehst du die schwache Linie?"

„Ja, aber was ist das?"

„Die Reste eines alten Weges, der durch den
Hain führt. Und die Keller wurden immer am
tiefsten Punkt des Einschnitts errichtet!"

„Um bequem von der Seite abladen zu können",
ergänzte Angelos.

„Yossi, du hast erwähnt, dass die Drohne waffenfähig ist, oder?"

„Es ist unser Standardmodell", antwortete Yossi und lachte.

„Könntest du ein Feuerwerk etwas nördlich des Kellers veranstalten?"

„Als Ablenkung? Ist die Truppe vor Ort?" Angelos schaute zu Gabriel.

„15 Minuten. Wir brauchen auch zehn, denn den Hubschrauber können wir nicht nehmen", sagte Gabriel.

„Gut. In 15 Minuten, aber der Keller muss unbeschädigt bleiben", meinte Angelos.

„Wir platzieren das Ziel hundert Meter nördlich. Im Lot zu der Linie. Dort sollte sich niemand aufhalten", sagte Yossi,

„Perfekt. Wenn ich Yariv zurückbekomme, hast du mehr als etwas gut", meinte Angelos.

„Darauf komme ich gerne zurück. Ich melde mich zwei Minuten vorher!"

„Wie hat er das gemeint?", fragte Gabriel.

„Keine Ahnung. Sag Alpha Bescheid, ich hole die Westen und die Waffen", sagte Angelos.

„Zu Befehl. Und ich komme mit!"

Angelos grinste.

„Natürlich. Du bist der General!"

41

Angelos fluchte.
„Ich muss auf den Hügel gegenüber dem Hain. Aber mit dieser Schuhschachtel kommt man nicht vorwärts!"
„Aha. Wer hat mir denn das Auto gekauft?", gab Gabriel zurück.
„Klappe. Fällt das unter Garantie, wenn die Achse bricht?"
„Wohl kaum. Aber du bist doch nah genug dran. Ich sehe den Weg. Und hinter dem Gestrüpp und den Baustümpfen liegt Alpha und sein Team", sagte Gabriel und gab Angelos den Feldstecher.
„Ich habe einen Fehler gemacht. Der Eingang des Kellers zeigt nach Norden. Wenn die Herren hinausstürmen, kann sie niemand unter Feuer nehmen. Alpha liegt südlich, wir westlich!"
„Kannst du den Schuss nicht noch verschieben?", fragte Gabriel.
„Nein. Fünfzig Sekunden. Ich muss selbst runter und mich gegenüber dem Eingang hinter den Busch legen!"
„Du bist verrückt. Du würdest die Explosion im Rücken haben und es ist viel zu nah. Die Druckwelle bringt dich um, wenn dich kein Felsbrocken trifft.
„Du hast recht, aber: Scheiß drauf", sagte Angelos, stieg aus und rannte geduckt bergab.

Zwanzig Sekunden vor der Explosion erreichte er das Gestrüpp gegenüber des Kellereingangs.
Er hörte das Brummen der Drohne.
Auch nicht gerade leise, dachte er. Klingt wie ein kaputter Diesel.
Dann folgten ein lauter werdendes Pfeifen und ein gewaltiger Knall. Angelos presste sich auf den Boden, doch er spürte die Druckwelle, die einen Steinregen nach sich zog.
Das war heftiger als gedacht. Hoffentlich hat der Keller standgehalten. Als sich der Staub verzog, sah er: die Explosion war zu stark für den altersschwachen Bau.
Von Süden hörte man die vorrückende Alpha-Truppe.
Angelos hörte das Quietschen einer Türe. Eine Staubwolke war das erste, was er sah.
Und eine Silhouette, doch er konnte nicht erkennen, ob es Yariv war.

42

Fünf Minuten vor der Explosion war Yarivs Schonzeit abgelaufen.
Der Libanese stand grinsend am anderen Ende des Tischs.
„Ich entschuldige mich für die Zeitverzögerung, aber bei Dreharbeiten kommt es mitunter zu technischen Problemen!"

135

„Fickt euch", presste Yariv heraus.

„Das tun wir sicher nicht. Wir sind doch keine Perversen!"

Die beiden anderen Männer lachten.

„Nun zur nächsten Szene. Mit dieser Zahnzange werde ich dir ein paar Zähne ziehen. Da ich kein Fachmann bin, werde ich die Zähne drehen. Danach werde ich mit feinen Nadeln durch die Wunden in den Kiefer stechen! Sehr unangenehm, aber nicht tödlich. Danach gibt es wieder ein Spritzchen."

Hör nicht hin, Yariv.

Aber Yariv begann zu zittern.

„Los. Her mit der Kieferklemme. Einer hält den Kopf", sagte der Libanese.

Dann hörte man einen lauten Knall, einen Wimpernschlag später brach die vordere Hälfte der Seitenmauer ein. Auch vom Dach fielen Trümmer ab.

Die beiden Männer, die an der Wand standen, wurden unter Mauer- und Dachteilen begraben. Yariv sah nichts, weil der gesamte Raum nur noch aus Staub zu bestehen schien. Aber er konnte seine Arme befreien, weil der Tisch von einem Dachbalken zertrümmert wurde.

Langsam realisierte er, dass er an die hintere Wand geschleudert worden war.

Er hörte, dass jemand versuchte, sich von Geröll zu befreien. Stell dich tot, Yariv, sonst bekommst du den Fangschuss.

Er hörte das Quietschen der Türe und mehr Licht drang in den Raum.

Angelos zielte in den Vorraum, der noch vernebelt war. Links war ein weiterer Raum, der aber nur von einer alten, verdreckten Birne erleuchtet war. Der für die Übertragung nötige Strahler war zerstört worden.

Angelos sah Gliedmaßen, die aus dem Geröll ragten. Bitte nicht Yariv.

Doch da hörte er ein Husten. Angelos stieg über den Schutt und leuchtete den hinteren Raum aus.

Und da lag Yariv am Boden.

„KLEINER!"

Yariv bewegte sich.

„Na endlich", knurrte er.

„Raum gesichert. Zielperson lebt", sagte er in sein Mikro und hörte Jubel.

„Ich danke jedem Einzelnen von euch. Ich werde es nie vergessen!"

Dann griff Angelos nach seinen Zigaretten und steckte sich eine an.

„Du rauchst? Hab ich dir das erlaubt?", fragte Yariv und versuchte sich an einem Lächeln.

„Ich war zwei Tage selbständig", antwortete Angelos.

„Werde ich jetzt endlich geküsst?", fragte Yariv.

„Aber ich rieche nach Rauch!"

„Und ich habe mich eingepisst, also …"

43

Angelos schleppte Yariv zu einem der Vans der Alpha-Gruppe. Wenige Meter außerhalb des Kellers hatten Yarivs Beine versagt. Übersäuerung.

„Gott bist du schwer. Ab morgen Diät", sagte Angelos.

„Oder drei Mal Sex am Tag", antwortete Yariv und lächelte schwach.

Angelos grinste und legte Yariv auf den mit Decken ausgelegten Boden. Die Erschöpfung und der Schlafmangel ließen Yariv sofort einschlafen.

Angelos´ Handy brummte. Yossi.

„Mission erfüllt?"

„Aber sowas von. Das war perfekt. Er stinkt wie ein Iltis, aber ich habe ihn wieder. Danke!"

„Gern geschehen. Ich habe noch eine gute Nachricht: der Mann, der aus dem Keller und bergauf rannte, lief an den Hängen entlang nach Lia. Dort lag ein Boot!"

„Der Libanese ist entkommen?", fragte Angelos.

„Aber nein. Die Wärmebildkamera konnte ihm bequem folgen und dann gab es bei der Drohne eine Störung und ein Schuss löste sich!" Angelos lachte.

„Wenn das so ein ,Schuss' wie vorhin war, sind von dem Herrn wohl nur noch Nanopartikel übrig. Dann ist die Geschichte wohl vorbei!"

Aber Yossi antwortete nicht.

„Hallo?", fragte Angelos.
„Äh, sorry, der Libanese jedenfalls ist tot. Und
jetzt kümmere dich um Yariv!"

Als der Van in Ornos eintraf, schlief Yariv noch
fest und Angelos musste ihn wieder tragen.
Gabriel und Abu saßen in ihren Rollstühlen und
strahlten.
„Danke", sagte Angelos, „aber ich muss meinen
kleinen Stinker in die Wanne setzen. Ach, Abu,
der Libanese ist tot!"
„Das war nicht mehr wichtig", antwortete Abu.

Angelos setzte Yariv in den Sessel im
Badezimmer. Als er begann, Yariv auszuziehen,
wachte dieser auf.
„Nein, nicht. Ich …"
„Du schämst dich, weil du dich vollgepisst und
vollgeschissen hast? Du hast das Video von
meiner Vergewaltigung gesehen. Ich konnte vier
Wochen nichts bei mir behalten. Ich bin in
Pampers zur Arbeit. Soviel zu Scham", sagte
Angelos.
„In Pampers? Da passt der Zauberstab doch gar
nicht rein!"
„Ich hab vorne ein Loch reingeschnitten",
antwortete Angelos grinsend.
Yariv lachte. Dieses tiefe, unverstellte Lachen,
das Angelos so liebte.
„Und jetzt geht unser kleiner Stinker in die
Wanne! Die Hand legst du auf den Rand!"

Zärtlich wusch Angelos Yariv und duschte ihn dann lauwarm ab.

„Ich liebe dich und: danke", sagte Yariv.

„Ohne Yossi hätten wir dich nicht gefunden. Oder viel zu spät. Aber am meisten haben wir, habe ich Gabriel zu verdanken. Als ich wie gelähmt war, hat er das Kommando übernommen, obwohl . .."

„ … obwohl er dich abgöttisch liebt, ich weiß. Ich werde es nicht vergessen", sagte Yariv.

Die Wanne war wieder gefüllt.

„So. Und jetzt rutsch nach vorne. Ich will auch rein", sagte Angelos. Yariv lehnte sich zurück und seufzte.

„Lass einfach los", sagte Angelos.

Plötzlich fing Yariv an zu lachen.

„Ich bin zwei Stunden frei und du drückst mir den Zauberstab in den Rücken! Das nächste Folterinstrument. Hilfe!"

44

Der arabisch aussende Mann warf sein Smartphone mit Wucht gegen die Wand. Das Debakel hatte sich angekündigt, aber er hatte nicht damit gerechnet, dass der Jude das Ganze überleben würde. Das wäre wenigstens ein Teilerfolg gewesen.

Eine Welle von Wut und Jähzorn kochte in dem Mann hoch. Mit einer Hand schleuderte er alles von seinem Schreibtisch herunter, packte das Notebook und zerschlug es am Fensterrahmen.

Er keuchte, aber er war noch nicht fertig.

Drei Monate Planung waren umsonst, dabei war der Mann so stolz auf seine ausgeklügelte Operation.

Wie konnte das nur passieren? Wie konnte ihm die Regie so entgleiten? Ich habe die Gegenseite unterschätzt. Angelos, Abu und diesen Juden.

Wieder packte ihn die Wut.

Er riss das Bild von den Wänden und knallte es auf die Stuhllehne.

Plötzlich klopfte es.

Der Araber stapfte wütend zur Türe und riss sie auf.

Es war ein Angestellter des Hotels.

„Entschuldigen Sie vielmals. Ist bei Ihnen alles in Ordnung?"

„Das geht Sie gar nichts an. Und das Renovieren des Zimmers setzen Sie auf die Rechnung. Jetzt verpissen Sie sich!"

Der Mann knallte die Tür zu.

Unverschämtheit!

Der Anfall war noch nicht vorüber. Er stürmte zum Fenster, zu Ibrahim, seinem Falken. Er packte das Tier, das seine Haube trug und brach ihm das Genick.

Erst dann ließ sich der Mann in einen Sessel fallen. Die erste Runde habe ich verloren, aber ich werde zurückkommen. Mit Macht und einem neuen Plan.

Der Mann ging zum Fenster und schaute auf die Dächer von Istanbul.

Wer der Mann war?

Sein Name war Khaled Nikakis, Yarivs Vorgänger. Korrekt hieß er jetzt wieder Khaled al-Mussawi.

45

Der vermeintliche Hotelangestellte ging grinsend zwei Türen weiter und klopfte einmal.

Er betrat die Suite, die eine exakte Kopie von Khaleds Zimmer war, wenn man bei 100 Quadratmetern noch von Zimmer sprechen kann.

„Na, wie geht es unserem Scheich? Ist noch irgendetwas heil oder hat er schon alles kurz und klein geschlagen?", fragte Ramona.

Mikhael lachte.

„Jähzornig wie alle Beduinen. Aber das zahlen die aus der Portokasse. Schade, dass wir nicht mehr leben, wenn keiner mehr ihr Öl braucht. Dann wird es mit der Arroganz vorbei sein!"

„Tja, bis dahin müssen wir den Herren Großkotz auf den Fersen bleiben. Und der da drüben ist zudem ein Mörder und Folterer. Natürlich macht er sich nicht selbst die Finger schmutzig, dafür hat man Bedienstete", sagte Ramona.

„Zeig mir einen von denen, der keinen Dreck am Stecken hat", knurrte Mikhael. Sein schwelender Zorn war nur zu verständlich. Sara, seine Frau, war bei einem Anschlag auf einen Linienbus ums Leben gekommen. Die Hintermänner saßen in Riad und waren ungeschoren davongekommen. Die Amerikaner hielten ihre schützende Hand über das Wüstenpack.

„Verstehst du, warum wir gerade für den einen solchen Aufwand treiben?", fragte er. „Sonst wird geknausert und hier arbeitet ein Vier-Mann-Team seit zwei Wochen!"

Ramona grinste.

„Ich denke, es liegt daran, dass der Chef den Ex-Mann kennt!"

„Das ist das Kriterium?", fragte Mikhael grinsend.

„Würde ich auf Klatsch etwas geben, würde ich sagen, der Chef hat ein Faible für griechische Kommissare", antwortete Ramona. „Aber angeblich hat Nikakis einen ehemaligen Agenten von uns bei sich aufgenommen, nachdem wir ihn haben fallen lassen. Ich glaube, der war querschnittsgelähmt und Tel Aviv wollte ihn in ein

Veteranenheim im Negev stecken. Da hat Nikakis ihn bei sich aufgenommen und ihm einen neuen Job besorgt!"

„Respekt. Vielleicht sollten wir uns die Adresse merken. Mit dir wird er aber nicht viel anfangen können", sagte Mikhael grinsend.

„Er hat schon einen Juden, er braucht sicher keine zwei. Das halte nicht mal ich aus!"

„Gut. Dann tun wir jetzt dem Chef und Herrn Nikakis einen großen Gefallen und schicken den Wüterich zu Allah und den zweiundsiebzig fetten Jungfrauen. Ich klopfe und gehe sofort nach links. Dann kannst du ihm ins Gesicht schießen!"

Ramona nickte.

„Gerne auch mehrmals. Hast du die Bilder aus dem Puff gesehen?"

Mikhael nickte.

„Dann mal los!"

Ramona überprüfte, ob der Schalldämpfer auch fest saß, dann verließen beide leise das Zimmer.

Mikhael hob den Arm, um an Khaleds Tür zu klopfen.

Einen Wimpernschlag später hörten beide nur ein Wort über ihren Knopf im Ohr:

„ABBRUCH!"

46

Angelos ging die Treppe hoch, um nach dem Patienten zu sehen. Yariv schien zu schlafen, schwitzte aber. Ein Alptraum, dachte Angelos und das mit Grund. Er wusste zu gut, was Traumata für Folgen haben können.

Angelos berührte Yariv an der Schulter und der „Kleine" öffnete die Augen und lächelte, war aber noch woanders.

Mir bricht es das Herz, dachte Angelos, aber ich muss ihn fortschicken. Ich bin toxisch und Yariv würde immer in Gefahr schweben. Das werde ich nicht zulassen – auch, wenn ich nicht weiß, wie ich weiterleben soll ohne den Hundeblick und die Locke. Er sieht wirklich süß aus, so wie daliegt. Dahinter verbirgt sich aber ein Charakter, der weiß, was er will.

Um sich von den trüben Gedanken zu befreien, beschloss Angelos, zunächst das Naheliegende zu tun: die Wunde zu versorgen.

Er entfernte den Verband an dem Fingerstumpf und reinigte die Wunde sorgfältig mit Q-tipps, die er vorher in Optisept gebadet hatte.

Yariv zuckte, war aber noch immer benommen.

Kein Eiter mehr, keine blauen Striemen, die auf eine Sepsis hingedeutet hätten. So zärtlich wie möglich verband er die Wunde wieder und knotete die Enden zusammen.

„Was für eine hübsche Krankenschwester", murmelte Yariv. „Espresso, doppelt, Danke!"

Angelos schmunzelte.

„Ja, mein Diktator!"

Als Angelos mit dem Tablett nach oben kam, hatte sich Yariv aufgesetzt.

„Gott sei Dank ist es nicht der Zeigefinger. Womit könnte ich dich sonst in Zukunft steuern?"

Angelos lachte.

„Mit dem Mund vielleicht?"

„Der Mund ist die Belohnung für artiges Verhalten", sagte Yariv.

„Bin ich nicht artig?"

„Doch, bist du", antwortete Yariv mit dem Lächeln, bei dem Angelos dahinschmolz.

„Im Übrigen: vergiss es!"

Angelos war perplex.

„Was meinst du?"

„Ich kenne dich, Angelos Nikakis. Du denkst, alles sei deine Schuld und es wäre besser für mich, wenn du mich wegschickst. No chance, Großer. Ich bin eine lebenslange Klette, jetzt eher noch mehr als vorher. Ich bin Nikakis, der Letzte. Basta, wie du immer sagst!"

„Hör mal, Kleiner ...", begann Angelos.

„Wir diskutieren das nicht einmal. Und ich will nicht ein einziges Mal hören, dass du dich schuldig fühlst, sonst bekommst du furchtbaren Ärger mit mir. Ich würde meinen Worten jetzt gerne den Zeigefinger folgen lassen, aber diese Hand schmerzt dann doch ein bisschen", sagte Yariv. „Es muss also reichen, wenn ich dir sage, dass ich dich liebe!"

Angelos schluckte. Doch bevor er antworten konnte, vibrierte das Handy.

„Wie geht es dem Patienten?"

Yossi.

„Soll ich bei ‚Veneti' vorbeifahren und eine Torte mitbringen? Die sind wirklich köstlich!"

Veneti? Angelos begriff zunächst nicht, was Yossi meinte.

„Noch unter Schock, was? Ich bin gerade auf Mykonos gelandet und mit zwei Leibwächtern unterwegs zu euch. Ich konnte mich nicht vorher anmelden. Gehört zu meinem Berufsbild. Also Espresso kochen!"

Fünf Minuten später stand Yossi in Angelos′ Küche, mit einer rot glasierten Torte.

„Gibt′s was zu feiern?"

„Natürlich. Wir, Ihr habt gewonnen!"

„Aber zu was für einem Preis. Ein abgehackter Finger und wer weiß, was davon zurückbleibt", sagte Angelos skeptisch.

„Yariv ist zäh und bei dir in besten Händen", antwortete Yossi.

„Ich muss dir dennoch etwas sagen!"

„Oh bitte. Mein Bedarf an Neuigkeiten ist gedeckt!", stöhnte Angelos. „Mich interessiert nur, dass der Libanese und sein Netzwerk Geschichte sind. Das sind sie doch, oder?"

Yossi holte tief Luft.

„Schon, aber der Libanese war nicht die eigentliche Hauptfigur. Wir hängen seit Wochen an ihm dran und er hat sich größte Mühe gegeben, Verfolger abzuschütteln. Wie nach

147

Lehrbuch. Aber da wir die Lehrbücher kennen, konnten wir ihn dennoch orten und er hat uns zu dem großen Unbekannten geführt – dem Falken!"

„Du meinst, es ist wie bei den Matroschka-Puppen? Man öffnet eine und zum Vorschein kommt die nächste?", fragte Angelos.

„So ähnlich. Nur handelt es sich nicht um Russen. Der ‚Falke‘ ist Emirati!"

Angelos stöhnte.

Also der zweite Emirati, der mir das Leben schwermacht!"

Er begreift es noch immer nicht, dachte Yossi.

„Angelos – es handelt sich um denselben Emirati. Der ‚Falke‘ ist Khaled, dein Ex-Mann!"

Angelos starrte Yossi entgeistert an.

„Moment. Khaled hat Yariv entführt und ihm den Finger abschneiden lassen?"

Yossi nickte.

„Wir stehen in deiner Schuld. Du hast wegen uns deinen ersten Mann verloren. Du hast dich rührend um Gabriel gekümmert. Darüber hinaus brauchen wir Ruhe in der Ägäis. Khaleds Verbindungen in den Libanon sind nicht ganz koscher, so würden wir sagen. Im Übrigen nutzen auch wir Abus Kontakte und tauschen Informationen aus!"

„Abu steht auf eurer Gehaltsliste?", fragte Angelos erstaunt.

Yossi lachte.

„Sein Gehalt könnte niemand bezahlen. Aber er ist ein Stabilitätsfaktor in Gewässern, in denen zwielichtige Gestalten unterwegs sind!"

„Da bin ich ja beruhigt. Ich hatte schon ein schlechtes Gewissen, weil ich mit einem Drogenhändler befreundet bin", sagte Angelos.

„Zurück zum Punkt. Ich hatte ein Zwei-Mann-Team beauftragt, Khaled in Istanbul zu neutralisieren. Leider musste ich den Einsatz in letzter Minute abbrechen. Das Büro des Ministerpräsidenten hat mich informiert, dass wir einen Friedensvertrag mit den Emiraten erreicht haben!"

„Und da Khaled noch immer Mitglied der königlichen Familie ist, wäre ein Mord nicht opportun", sagte Angelos.

„Exakt. Es tut mir leid. Wir versuchen, an ihm dranzubleiben, aber unsere Ressourcen sind begrenzt. Khaled hingegen …"

„Schwimmt im Geld. Buchstäblich. Und seit der verheimlichten Erbschaft erst recht", sagte Angelos.

„Aber ich werde ihn jagen und zur Strecke bringen. Nicht wegen mir, sondern wegen dem, was er Yariv angetan hat!"

„Ein Rachefeldzug?", fragte Yossi. „Da solltest du erst deinen Mann fragen!"

Yossi schmunzelte.

„Wieso?", fragte Angelos.

„Hmm. Die Torte ist wirklich köstlich!"

„YARIV WUSSTE ES?"

Yossi zuckte mit den Schultern und grinste.

149

47

Angelos stand am Bettende und verschränkte die Arme.

„Du brauchst dich gar nicht schlafend zu stellen, du kleiner Scheißer. Augen auf und Standpauke abholen!"

Yariv öffnete die Augen, blinzelte mehrmals, zog eine Schnute und drehte an der Locke.

„Keine Chance", sagte Angelos, musste aber schon schmunzeln.

„Wenn du etwas näherkommst erkläre ich es dir – unter Zuhilfenahme meines Zeigefingers", sagte Yariv.

„Sieh mal. Hätte ich es dir gesagt, hättest du dich sofort auf Mission Rache begeben. Vor lauter Wut hättest du vielleicht einen Fehler gemacht und dann hätte ich nicht nur einen Finger, sondern alles verloren. Wäre Khaled wie geplant, äh, sagen wir: verschieden, wäre die Angelegenheit für alle Zeiten erledigt gewesen, aber nachdem Yossi mir erzählt hat ..."

„Stopp! Du hast mit Yossi telefoniert?? Wo ist das blöde Handy. Ich schmeiße es weg!"

„Großer, wir lassen uns weder von Khaled noch von sonst jemanden vorschreiben, wie wir unser Leben führen. Begreift er das nicht, erledigen wir das zu zweit. Ich bin momentan ein Ausfall und du bleibst hier und pflegst mich!"

„Zur Klarstellung: zukünftig keine Geheimnisse, auch wenn es gut gemeint ist. Das ist ein No-go.

Ein bisschen mitreden möchte ich schon auch", knurrte Angelos.

„Wenn du dich jetzt bitte zu mir setzen würdest, könnten wir unseren Dialog gemütlicher fortführen", sagte Yariv.

„An deinem Grinsen erkenne ich schon, dass du mit ‚Dialog' etwas anderes meinst", knurrte Angelos. „Du bist ein geiler Bock und ich dein Sexspielzeug!"

„Aber ich habe das schönste Spielzeug der Ägäis. Außerdem mag ich das Drumherum auch ein wenig", sagte Yariv grinsend.

„Vielen Dank. Ich bin also ein Schwanz mit netter Dekoration!"

Yariv lachte laut.

„Wie nennt ihn Gabriel immer?"

„Gewöhn dir das ja nicht an. ‚Zauberstab'", brummte Angelos.

„Wieso kann Gabriel das beurteilen?", fragte Yariv.

Super, dachte Angelos. Zielgenau auf die Schwachstellen.

„Alles klar, Großer. Ich vermute, du hast ihn selbstlos als Antidepressivum eingesetzt!"

„Könnte man so sagen. Ich bin 31 und hatte 5,5 Männer. Das ist weiß Gott nicht viel", sagte Angelos.

„Wie kann man 0,5 Männer haben?"

„Herrgott. Bin ich auf der Streckbank? Die 0,5 war Gabriel, aber es war kein richtiger Sex. Es war ein Tag, nachdem er aus dem Krankenhaus kam, gelähmt. Ich hatte Angst, er tut sich etwas an!"

Yariv lachte.

„Also hast du ihm den Zauberstab in den Mund geschoben, damit keine Tabletten mehr reinpassen. Sehr innovativ!"

„Geholfen hat es. Schau ihn dir heute an. Kein Grund mir irgendetwas vorzuwerfen!"

„Beruhige dich. Ich war fast sprachlos, als Gabriel mir erzählt hat, was du alles für ihn getan hast!"

„Du hast mit Gabriel über mich gesprochen? Sag mal, hast du ein Gruppenverhör veranstaltet, bevor du mich geheiratet hast?"

„Ich bin Kommissar. Schon vergessen? Und du bist mein wichtigster Fall, du Doofkopf. Ich liebe dich über alles. Und jetzt hätte ich Lust auf Pfirsich!"

Blinzeln, Hundeblick, Locke.

Angelos musste lachen.

„Ich soll jetzt also die Hose runterlassen!"

„Das wäre meiner Genesung sehr zuträglich", antwortete Yariv. „Fiebermessen mit dem ganz großen Thermometer!"

48

Gabriel hielt sich an der Halterung fest und der Metallarm schwenkte in Richtung Bett.

Er ließ sich fallen und wollte einfach nur daliegen. 48 Stunden ohne Schlaf forderten ihren Tribut. Es war fast wie früher, als seine Beine noch funktionierten und er manchmal tagelang hinter Büschen oder in Gräben lag. Seine Karriere als Agent – das war ein anderes Leben.

Aber bin ich jetzt wirklich unglücklicher als damals. Sicher. Wenn meine Beine wieder funktionieren würden, wäre es schön. Nur: mein jetziger Beruf füllt mich aus. Angelos´ rechte Hand: ein abwechslungsreicher Job, indem man etwas bewegen kann, wenn auch nur auf einer kleinen Insel.

Endlich konnte ich Angelos etwas zurückgeben. ‚Du bist mein bester Freund' hatte er gesagt. Und bei Angelos bedeutete das etwas.

Er hat sich abgerackert, als ich gelähmt aus der Klinik kam. Er hat mich Monate lang bei sich wohnen lassen, obwohl er dadurch Stress mit Khaled bekam. Das Auto, durch das ich selbständig wurde. Und die Wohnung in Tourlos. Mit Rampe, umgebautem Bad. Alles hatte Angelos bezahlt.

Deswegen liebe ich ihn.

Belüge dich nicht selbst, sagte die Stimme im Kopf. Du liebst ihn richtig und die halbe Stunde Sex mit ihm hat dich am Leben erhalten.

Stimmt. Aber ich habe mich aufrichtig gefreut, dass Yariv überlebt hat. Und Angelos hat genau das erkannt.

Wer weiß, was kommt.

49

Yossi Cohen lehnte sich zurück und blickte hinunter auf die Ägäis, die türkisblau schimmerte.

Das Unternehmen war ein voller Erfolg. Der Status quo war wiederhergestellt. Sein Informant Abu Bakar hatte wieder alles im Griff. Und Angelos Nikakis war glücklich und mehr als nur dankbar. Schon erstaunlich, wieviel Unterstützung er hatte. Das konnte in kritischen Momenten in der Zukunft sehr hilfreich sein.

Außerdem mag ich ihn.

„Chef. Die Zentrale ist am Apparat!"

Einer seiner Leibwächter reichte ihm das Handy.

Yossi seufzte.

„Kann das nicht zwei Stunden warten? Ich lande um vier, Herrgott!"

Er nahm das Handy und knurrte:

„Was gibt´s?"

„Wir haben ein Problem", sagte Ramona, seine Sekretärin.

„Hatte der Premier einen Schlaganfall?"

„Leider nicht", antwortete sie.

„Einer unserer Agenten steckt in Varna fest. Das Safe-house ist nicht mehr sicher. Und die Verfolger sind an ihm dran!"

Mist. Die Mission ist lebenswichtig.

Yossi überlegte, dann begann er zu lächeln.

Ich bin wohl schneller zurück auf Mykonos als gedacht.

Und tatsächlich: nach nur fünf Tagen sollten Angelos und Yariv wieder im Auge des Sturms stehen.

Band 24

Lebendig begraben

erscheint Ende Februar!

Ein Anrufer behauptet, unter einer frisch asphaltierten Straße auf Mykonos läge ein lebendig begrabener Mann. Kommissar Angelos Nikakis hat erst seine Zweifel – und scheut die Kosten. Als er sich doch dazu entschließt, die Straße aufreißen zu lassen, zeigt sich: in einer Kammer darunter liegt tatsächlich eine männliche Leiche. Damit nicht genug: im Magen des Toten findet sich ein USB-Stick.

Ein Anrufer behauptet, unter einer frisch asphaltierten Straße auf Mykonos läge ein lebendig begrabener Mann. Kommissar Angelos Nikakis hat erst seine Zweifel – und scheut die Kosten. Als er sich doch dazu entschließt, die Straße aufreißen zu lassen, zeigt sich: In einer Kammer darunter liegt tatsächlich eine männliche Leiche. Damit nicht genug: Im Magen des Toten findet sich ein USB-Stick.

Paul Katsitis

Lebendig begraben

Mykonos Crime

Lebendig begraben

Paul Katsitis

Mykonos Crime

Band 25
KODEX

erscheint vorauss. Anfang Juni 2021!

Paul Katsitis – Sisa 23

Drogen und Mykonos ziehen sich wie Magnete gegenseitig an. Da der Effekt nicht zu stoppen ist, hat Kommissar Angelos Nikakis mit dem größten Drogenhändler der Ägäis, Abu Bakar, ein Abkommen getroffen: keine gestreckte Ware, begrenzte Menge, keine Lieferung an Jugendliche und keine Gewalt auf der Insel. Im Gegenzug drückt Angelos beide Augen zu, auch weil er die übliche Drogenpolitik für Heuchelei hält. Seit drei Jahren gab es keine Drogentoten mehr – der Deal funktioniert. Doch nun taucht ein neuer Player auf, der das Monopol mit Gewalt brechen will. Beim Angriff auf Abus Yacht wird diese zerstört und Abu schwer verletzt. Angelos hilft Abu, denn er will Ruhe auf Mykonos – doch die Rechnung bezahlt Angelos´ Ehemann Yariv.

Paul Katsitis – Pontifex 22

Das Oberhaupt der orthodoxen Kirche, Hieronymus, besucht Mykonos. Ein unangenehmer Termin für den schwulen und atheistischen Bürgermeister und Kommissar Angelos Nikakis.

Während des Besuchs wird der Staatssekretär des Metropoliten ermordet aufgefunden. Hieronymus bittet Angelos um Hilfe, denn es geht nicht nur um einen Mord, sondern um die schiere Existenz der griechischen Kirche. Ein Pergament aus dem 4. Jahrhundert stellt deren Zukunft infrage.

Paul Katsitis – Yariv 21

Mykonos im Juni: gähnend leer, dank Corona. Nach der Öffnung der Insel ist es vorbei mit der erzwungenen Ruhe: im Haus eines hochrangigen Politikers wird eine tote Frau gefunden.
Und Kommissar Angelos Nikakis hat noch ein weiteres Problem: sein Kollege Yariv wird bei einem Einsatz in Athen schwer verletzt.

Paul Katsitis – Darknet 20

An der Uferpromenade mitten in Mykonos-Stadt wird die Leiche eines jungen Mädchens gefunden, das niemand kennt. Gefoltert und vergewaltigt.
Als ein zweites Opfer gefunden wird, vermutet Kommissar Angelos Nikakis, dass er es mit einem Pädophilenring zu tun haben

könnte. Zusammen mit seinem Athener Kollegen Yariv Markaris, einem Darknet-Spezialisten, nimmt er die Spur auf. Er stößt dabei auf Beteiligte, die aus den höchsten Kreisen in Athen stammen und die ihre eigene „Flüchtlingspolitik" verfolgen.

Paul Katsitis – Carneval 19

Carneval in Griechenland? Bestimmt nicht, denken viele. Von wegen: Rosenmontag ist einer der wichtigsten Feiertage. Doch auf Mykonos wird Carneval gestört: in der Nähe von Kalafati wird ein Motorradfahrer tot aufgefunden. Obwohl der Kopf abgetrennt wurde, gelingt es Kommissar Angelos Nikakis schnell, ihn zu identifizieren: das Opfer ist ein Emirati, Landsmann von Angelos´ Ehemann Khaled. Zufälle gibt es nicht, sagt Angelos immer – und leider behält er Recht.

Paul Katsitis – Tödliche Libido 18

Auf einem Kreuzfahrtschiff wird ein 19-jähriger Steward vermisst.
Kommissar Angelos Nikakis nimmt den Fall zunächst nicht ernst. ‚Der Junge macht sich auf Mykonos ein paar schöne Tage', denkt er. Und es gibt keine Leiche.

Doch er täuscht sich. Eines Abends besucht ihn der Premierminister, Antonis Migiakis, der mit Angelos befreundet ist und gesteht, dass der junge Pavlos sein heimlicher Liebhaber war.
Kurz darauf melden sich die Entführer – und die Forderungen haben es in sich. Angelos muss den Jungen finden, sonst ist Migiakis politisch erledigt.
Und zur Lösung des Falls braucht er die Hilfe eines altbekannten Drogenbarons: Abu Bakar.

Paul Katsitis – Botschafter 17

Kommissar Angelos Nikakis und sein Partner Khaled retten ein Kind vor dem Ertrinken. Es ist zufällig der Sohn des israelischen Botschafters. Aus Dankbarkeit wird der Botschafter der Trauzeuge von Angelos und Khaled. Ein Tag später zerreißt eine Bombe dessen Wagen. Was zunächst nach einem Terrorakt aussieht, entpuppt sich als ein Geflecht aus Kunstdiebstahl, Verschwörung und Mord.

Paul Katsitis – Spione 16

Ein russischer Überläufer soll über Mykonos in den Westen geschleust werden. Auf der Kykladen-Insel soll er sich in einer der zahlreichen Schönheitskliniken eine gesichtsverändernde Operation unterziehen. Kommissar Angelos Nikakis soll den Agenten während des Aufenthaltes schützen. Kein größeres Problem, denkt er. Bis plötzlich drei Geheimdienste auf der Insel am Werk sind. Und sich letztlich Angelos´ Leben für immer verändert.

Paul Katsitis – Khaled 15

Eine Explosion auf Delos töten einen Archäologen. Das erste Rätsel für Kommissar und Bürgermeister Angelos Nikakis. Das zweite Rätsel hingegen – wen er denn nun liebt – löst sich: er trennt sich von Alex und zieht zu Kronprinz Khaled. Doch zwei Tage später wird dieser von einem Attentäter niedergeschossen

Paul Katsitis – Trauma 14

Chefermittler und Bürgermeister Angelos Nikakis glaubt es zunächst nicht: auf der trockenen Insel Mykonos soll ein Golfplatz

errichtet werden. Als Nikakis den Investor trifft, glaubt er ihn zu kennen. Bevor er sich erinnert, ereignen sich zwei Morde.
Angelos´ Ehemann Alex findet währenddessen heraus, woher Angelos den Investor kennt.
Bald geschieht ein dritter Mord. Und der Täter ist Alex.

Paul Katsitis – Royals 13

Zehn Seemeilen entfernt von Mykonos wird ein großes Gasfeld entdeckt. Bürgermeister und Kommissar Angelos Nikakis greift zu allen (auch illegalen) Tricks, um Bohrtürme in der Ägäis zu verhindern.
Als dann eine Prinzessin des Emirats Katar während eines Besuchs auf Mykonos entführt wird, scheint es zunächst nicht so, als würde ein Zusammenhang bestehen.
Wenige Tage später ist die Prinzessin tot – und Angelos Nikakis sitzt im Gefängnis.

Paul Katsitis – Der Putsch 12

1967 putscht in Griechenland das Militär. Hellas und auch Mykonos ächzen unter der Diktatur.

52 Jahre später gibt es wieder einen Regierungswechsel in Athen. Doch die Ereignisse von damals werfen ihre späten Schatten.
Ein Flugzeugabsturz und Kommissar Angelos Nikakis sorgen dafür, dass es zu einem politischen Erdbeben kommt.

Paul Katsitis – Glut 11

Der Alptraum aller Chora-Bewohner wird wahr. Ein Großbrand wütet in den engen Gassen der Stadt. Eine knifflige Aufgabe nicht nur für die Feuerwehr, sondern auch für Kommissar und Bürgermeister Angelos Nikakis. Denn in einem Haus findet man eine Leiche. Ein Brandopfer, denken viele. Doch sie wurde erschossen. Drei weitere Morde und der Wiederaufbau lassen Angelos kaum Zeit Luft zu holen.

Paul Katsitis – Abseits 10

Im Stadion von Mykonos wird die Leiche eines Mannes gefunden. Da der Mann Fan von Olympiakos Piräus war, geraten alle Anhänger des Konkurrenzvereins Panathinaikos Athen in Verdacht. Die

Indizien lassen zunächst keine andere These zu und der Hass zwischen beiden Lagern ist tatsächlich so groß, dass auch ein Mord im Bereich des Möglichen liegt.
Doch als Kommissar Angelos Nikakis in die Welt der Spielerscouts eintaucht, stellt er fest, dass es um ganz andere Dinge ging: um Menschen-handel, Pädophilie und natürlich eine Menge Geld!

Paul Katsitis – Sturm über Mykonos 9

Paul Katsitis – Die Maske 8

Nach einem Banküberfall erschießt Alex einen der Räuber auf der Flucht. Da er ihn ohne Vorwarnung in den Rücken geschossen hat, steht er bald unter Anklage.
Im Schatten des Prozesses gelingt es einem neuen, besonders brutalen Drogenhändler, genannt „Máská", sein Netzwerk auszubauen. Und er zögert auch nicht, als sich ihm die Gelegenheit bietet, Kommissar a.D. Angelos Nikakis aus dem Weg zu räumen.

Paul Katsitis – Hass 7

Es ist ein besonderer Fall für die beiden
Ermittler Alex und Angelos Nikakis. Die Leiche
eines jungen Mannes wird in den Dünen
gefunden. Am und im Körper des Toten
findet sich die DNA von Angelos.
Er wird verhaftet.

Paul Katsitis – Skalpell 6

Am Strand von Ornos wird eine Frauenleiche
gefunden. Es ist die Tochter des
Bürgermeisters. Der Leiche fehlen Nieren und
Leber.
Doch es geht bei der Mordserie nicht nur um
Organe, wie die beiden Ermittler Alexandros
und Angelos Nikakis bald feststellen. Es existiert ein komplexes Netzwerk, das verschie-
dene kriminelle Felder abdeckt - und so
mancher Inselbewohner ist darin verstrickt.

Paul Katsitis – Inzest 5

Ein Bräutigam, der sich am Tag der Hochzeit
vom Balkon stürzt und eine Mädchenleiche
in einer Wagenpresse. Zwei Fälle für die
beiden Ex-Kommissare Alex und Angelos

Nikakis Zwei Fälle, die sich nach und nach aufeinander zu bewegen.

Paul Katsitis – Der-Drei-Sterne-Mord 4

Im besten Restaurant der Insel wird der Chefkoch, ehemals Leibkoch Gaddafis, mit durchschnittener Kehle aufgefunden. Ein schwieriger Fall für Alex und Angelos, zumal die eigene Familie mit beteiligt ist. Der Fall erfährt eine erstaunliche Wendung, als die beiden Ermittler erfahren, dass der britische Außenminister Mykonos besucht – auf dem Landsitz des griechischen Premierministers.

Paul Katsitis – Tattoo 3
Zwei Highlights stehen auf dem Programm des Wochenendes: ein hochdotiertes Beachvolleyball-Turnier und die Eröffnung der ersten Spielbank auf der Insel. Nicht ins Programm passen zwei Tote: ein 19-jähriger Junge und einer der Beachvolley-ballspieler. An dessen „natürlichem Tod" haben die Ermittler Alex und Angelos so ihre Zweifel.

Paul Katsitis – Rache 2

Im Kloster Ano Mera auf Mykonos wird ein Priester tot aufgefunden, dessen Leiche übel zugerichtet ist. Es sieht nach einem Rachemord aus – doch wofür?

Paul Katsitis – Die Bestie von Mykonos 1

Zwei Kriminalbeamte, Alexandros und Angelos, quittieren den Dienst und eröffnen gemeinsam auf Mykonos eine Bar. Nebenher betreiben sie eine kleine Privat-Detektei. Da die Polizei chronisch unterbe-setzt ist, werden Alex und Angelos – wegen ihrer Erfahrung - regelmäßig hinzugezogen. Mykonos ist in Aufruhr. Offensichtlich foltert, vergewaltigt und tötet ein Mann junge Touristen. Um ihn zu stellen, bleibt nichts anderes übrig, als dass Angelos den Lock-vogel spielt – mit furchtbaren Konsequenzen.

Weitere Mykonos-Bücher

Mykonos LOVE STORY
Von Michael Markaris

„Die Mykonos Love Story 1-11" von Michael Markaris.
Kommissar Pandis hat mit 53 sein Coming-Out und verliebt sich in den 29-jährigen Angelos.

Bisher erschienen:
Mykonos Love Story 1
Mykonos Love Story 2 – Das goldene Ei
Mykonos Love Story 3 – Morgenröte über Mykonos
Mykonos Love Story 4 - Mykonos Speed
Mykonos Love Story 5 – Rape-Vergewaltigung
Mykonos Love Story 6 – Der rosa Leopard
Mykonos Love Story 7 – Rückkehr der Leoparden
Mykonos Love Story 8 – Crash!
Mykonos Love Story 9 – Der tote Pelikan
Mykonos Love Story 10 – Photia-Feuer
Mykonos Love Story 11 – Der tote Archäologe